BASTEI LÜBBE

BASTEI LÜBBE JOHN SINCLAIR IM TASCHENBUCH-PROGRAMM:

73 208 Höllenbote Angela
73 209 Blutgesicht
73 210 Das Janus-Monster
73 211 Die Alptraum-Frau
73 212 Mr. Postman
73 213 Satans-Krone
73 214 Der Vergessene
73 215 Keltenfluch
73 216 Fluchtpunkt Atlantis

GEISTERJÄGER

JOHN SINCLAIR

Jason Dark

BLUT UND SÜNDE

Horror-Roman

BASTEI
LÜBBE

BASTEI LÜBBE TASCHENBUCH
Band 73 217

Erste Auflage: Mai 1999

Sie finden uns im Internet unter
http://www.luebbe.de

Titelbild: Monica / Norma Agency, Barcelona
Umschlaggestaltung: QuadroGrafik, Bensberg
Satz: Fotosatz Steckstor, Rösrath
Druck und Verarbeitung:
Clausen & Bosse, Leck
Printed in Germany
ISBN 3–404–73217-0

Dieser sich dem Ende zuneigende Tag sah abschreckend und düster aus, obwohl er eigentlich anders hätte sein können. Blasse Sonnenstrahlen, die auf herbstlich gefärbtes Laub tupften und es noch bunter wirken ließen, als es ohnehin schon war.

Es gab das Laub. Es gab die Wolken und den Wind, der mit den Blättern spielte, sie anhob, durch die Luft schleuderte und sie schließlich aus seinen unsichtbaren Händen fallen ließ.

Es war zwar farbig, aber es sah grau aus wie alles in dieser Gegend, die allmählich dem Tod entgegensiechte, weil die alten Zechen längst geschlossen waren.

Dem hatten die Menschen Tribut gezollt. Viele waren weggezogen, besonders die Jüngeren, die mehr Chancen auf Arbeit in den großen Städten gesehen hatten. Das lag ebenfalls zurück. In vielen Orten grassierte die Arbeitslosigkeit, und auf dem Lande war es in der ehemaligen Bergbauhochburg noch schlimmer.

Florence Turner hielt es trotzdem aus. Sie war eine junge Frau, die sich auch so durchs Leben schlug und es sogar noch schaffte, hin und wieder ihrem Beruf nachzugehen. Damals war sie ausgelacht worden, als bekannt wurde, daß sie Schauspielerin werden wollte, aber sie hatte sich durchgesetzt. Jetzt war sie ausgebildet, zwar ohne festes Engagement, aber sie bekam hin und wieder kleinere Jobs, die soviel einbrachten, daß sie sich über Wasser halten konnte. Sie gehörte zu den Menschen, die nicht viel brauchten und recht bescheiden lebten. In Depressionen verfiel die Sechsundzwanzigjährige nicht. Sie war an einem Sonntag geboren und vertraute auf ihren guten Stern.

Der Herbst war mit Wucht eingetroffen. Praktisch

über Nacht. Er hatte den ersten Nebel, aber auch den Regen und den Wind mitgebracht, der sogar zu einem kleinen Sturm geworden war. So riß er die Blätter von den Bäumen, fegte sie über die alten Straßen und Gehsteige hinweg und sorgte auch dafür, daß die Temperaturen allmählich fielen.

Florence Turner war einkaufen gewesen. Ein wenig Brot, etwas Käse, Milch und Wasser. Gekauft hatte sie die Lebensmittel in einem kleinen Krämerladen, dessen Besitzer aushielten, obwohl es nicht viel zu verdienen gab. Beinahe störrisch stemmten sie sich gegen die Macht der Supermärkte an. Zudem brauchten sie keine Miete zu zahlen, denn das Haus gehörte ihnen.

Die Worte der Frau gingen Florence nicht aus dem Kopf. Sie hatten so deprimierend und zugleich warnend geklungen. Sie hatte davon gesprochen, daß es keine gute Zeit gewesen war. Ein zu düsterer Tag, und es lag ihrer Meinung nach nicht nur am Wetter.

»Geben Sie gut auf sich acht, Kind«, hatte sie gesagt. Sie sagte immer Kind, was Florence nicht einmal unangenehm war, so hatte der Kontakt zwischen ihnen eine persönliche Note erhalten. »Es ist kein guter Tag heute.«

Florence hatte gelacht und nach den Gründen gefragt.

»Das liegt nicht nur am Wetter, Kind. Es ist normal. Schließlich haben wir schon Oktober. Hier sind andere Dinge wichtig, die man leider nicht sehen und nur spüren kann.«

»Welche denn?«

»Ich kann es Ihnen nicht sagen. Sie sind verborgen. Sie liegen im Untergrund, und sie werden von den sichtbaren verdeckt. Wer sensibel ist, der kann sie spüren, und ich bin es in meinem Alter geworden. Also geben Sie auf sich acht. Es kann sein, daß es auch Sie trifft.«

Florence hatte nachfragen wollen, sich aber nicht getraut. Sie hatte dann gelacht – ein wenig verlegen – und mit den Schultern gezuckt. Wie jemand, der sich in sein Schicksal ergeben hat.

Dann war sie gegangen und lief jetzt durch das schlimme Wetter. Sie stemmte sich gegen den Wind an, der ihr so kalt ins Gesicht blies und der Sprüh mitbrachte, diesen feinen Regen, der irgendwann alles durchnäßte.

Bis es soweit war, wollte sie ihre Wohnung erreicht haben. Sie lag nur ein paar Häuser entfernt, und Florence befand sich schon auf der richtigen Seite. Der Gehweg wurde von den mächtigen Laubbäumen begleitet. Der Wind bewegte ihre Zweige, denn gegen die starken Äste kam er nicht an. Sie blieben starr wie alte, ausgestreckte Arme. Die alten Häuser an der linken Seite warfen Schatten auf den Boden. So düster wie die gehetzt wirkenden Wolken am Himmel.

Sie lief schneller. Den Kopf hielt sie gesenkt. Nur ab und zu fuhr ein Auto an ihr vorbei. Jedem Wagen schaute sie nach, sah die roten Heckleuchten im Sprüh verschwommen aussehen und sie dann verschwinden. Florence dachte daran, daß sie sich kein eigenes Auto leisten konnte, aber irgendwann, das stand für sie fest, würde sie eines besitzen. Auch wenn es nur ein Kleinwagen war.

Das Wetter hatte die trübe Gegend noch düsterer gemacht. Sie lief durch ein Halbdunkel und kam sich manchmal vor wie in einem Tunnel, in dem es nur wenig Licht gab.

Wenn eben möglich, hielt es die Bewohner in ihren Häusern. So kam es, daß ihr nicht viele entgegenkamen und sie sich sehr allein vorkam.

Neben einer großen Pfütze, die sich in einer Senke am Rand der Straße gesammelt hatten, spielten Kinder und ließen selbstgebastelte Schiffe auf dem Wasser fahren.

Ihnen machte es Spaß, bei diesem Wetter draußen zu sein. Das hatte ihr als Kind ebenfalls gefallen. Sie lächelte flüchtig und winkte den Kindern zu. Die waren so in ihr Spiel vertieft, daß sie es nicht sahen.

Florence Turner wohnte in einem alten Haus. Es war das zweitletzte in der Reihe. Das weiter folgende, ein Eckhaus, stand bereits leer. Es sollte im nächsten Frühjahr abgebrochen werden. Kein Mensch wußte, was anstelle dieses Hauses dort aufgebaut werden würde. Mieter für neue Wohnungen ließen sich nur schwer finden.

Alte Bauten mit graubraunen Fassaden und großen Fenstern, deren Scheiben hin und wieder Erker zierten. Früher hatten in den Häusern die leitenden Angestellten der Zechen gewohnt. Das gehörte der Vergangenheit an. Nur wenige Wohnungen waren noch belegt.

Sie hetzte weiter. Die Kapuze hatte sie über den Kopf gezogen. Der dünne Regen wurde an drei Seiten vom Stoff abgehalten. Ihr Gesicht war ungeschützt und deshalb naß. Früher hatte es noch die gepflegten Vorgärten gegeben. Das Land war zwar vorhanden, aber die Gärten selbst waren als solche nicht mehr zu bezeichnen. Man konnte sie schon als Brachland ansehen. Es war auch niemand da, der sich um sie kümmerte. Der alte Mann aus dem Erdgeschoß, der es einmal getan hatte, war vor einem halben Jahr verstorben.

Florence erreichte ihr Haus. Ein kurzer Blick an der Fassade hoch. Das tat sie immer, auch wenn sie das Haus kannte und es nichts Neues mehr zu entdecken gab.

Die alte Tür. Nur wenige Lichter, die hinter den Scheiben leuchteten. Es waren nicht alle Etagen belegt. Das Dachgeschoß stand leer und auch eine Wohnung darunter.

In der zweiten wohnte sie. Die Zimmer lagen in der vierten Etage, und Florence durfte gar nicht daran denken, wie sie aussahen. Das Wasser war durch die Hauswand gedrungen und hatte nassen Schimmel an den Innenwänden hinterlassen. An der Westseite war es besonders schlimm, denn dort traf das schlechte Wetter zuerst ein.

Sie eilte durch den Vorgarten auf die Haustür zu. Der Mittelweg war verschmutzt. Seit dem Tod des alten Mannes fühlte sich niemand dafür zuständig, hier zu reinigen oder zu fegen. Die alte Haustür hätte auch einer Erneuerung bedurft, aber darum kümmerte sich niemand. Hier lag alles im Sterben.

Auf den letzten Metern hatte ihr der Wind die Kapuze vom Kopf weg in den Nacken geblasen. Der dünne Regen benetzte ihr Haar. Sie war naß geworden und ließ sich trotzdem noch Zeit, einen Blick an der Fassade in die Höhe zu werfen.

Wieder kamen ihr die Worte der Lebensmittelhändlerin in den Sinn. Die Frau hatte von einer schlechten Atmosphäre gesprochen, die sich über der Gegend ausgebreitet hatte. Und das hing nicht allein mit dem Herbstwetter zusammen.

Florence stemmte die Einkaufstüte gegen das linke angewinkelte Bein, um mit der rechten Hand nach dem Schlüssel zu kramen. Er steckte in der Tasche. Sie holte ihn hervor und schob den größeren der beiden Schlüssel in das Schloß der Haustür.

Aber sie drehte ihn noch nicht herum. Etwas störte sie. Es war der kalte Schauer, der über ihren Rücken rann und sich auch auf dem Gesicht verteilte. Das Haus sah normal aus wie immer, aber ihr kam es verändert vor.

Eine Erklärung fand Florence nicht. Etwas warnte sie, das Haus zu betreten. Das Gefühl, es nicht zu tun, wurde immer drängender, und sie fing sogar an zu schwitzen. Aber sie stemmte sich gegen das Gefühl an und schüttelte heftig den Kopf. »Unsinn – ich falle noch nicht auf das Geschwätz einer alten Frau herein.«

Sie öffnete die Tür.

Vor ihr lag der Schlund!

Düster, ohne Licht. Der typische feuchtkalte Geruch wehte ihr entgegen. Hier wurde nicht geheizt. Kälte und Feuchtigkeit hatten sich durch die Wände von außen her gefressen und breiteten sich im Treppenhaus ebenso aus wie in den Wohnungen. Da gab es so gut wie keine Unterschiede.

Sie machte Licht. Der alte schwarze Schalter mußte dabei noch gedreht werden. Wie immer freute sich Florence darüber, daß das Licht noch funktionierte. Wenn es dunkel geblieben wäre, hätte es sie auch nicht gewundert.

Der schwache Schein beleuchtete auch die alte Treppe mit dem dicken Geländer, an dem die Farbe längst abgeblättert war. Wie immer mußte sie die

Treppe hochsteigen, was ihr aufgrund des Alters nicht schwerfiel. Bei den anderen Mitbewohnern war es teilweise anders. Im Haus wohnten außer ihr zumeist ältere Menschen, die einfach nicht mehr ausziehen wollten.

Sie erreichte die Wohnungstür und stellte dort die Tüte ab.

Das Licht hatte sie unterwegs noch einmal einschalten müssen. Viel besser war die Sicht in dieser Etage nicht geworden, aber das kannte sie auch. Nur das Zittern war ihr neu, denn sie hatte Mühe, den Schlüssel in das Schloß zu stecken.

Einmal drehen, dann konnte sie die Tür öffnen. Vorsichtig drückte Florence sie nach innen. Dabei wunderte sie sich über sich selbst, denn normalerweise betrat sie ihre Wohnung normal und nicht wie eine Fremde.

Auch jetzt machte sie Licht. Der kleine Flur, den sie durch eingerahmte Kalenderbilder verschönt hatte, kam ihr längst nicht so vertraut vor wie sonst. Die gesamte Wohnung wirkte irgendwie verändert. In jedem der drei Zimmer schaute sie nach, auch im Bad, aber es war niemand zu sehen.

Die Unruhe blieb trotzdem – und auch die Kälte. Sie kroch ihren Rücken hinab. So erlebte Florence sie wie draußen vor dem Haus. Diesmal nur etwas dichter und intensiver, denn die äußerliche Freiheit war hier nicht gegeben.

Die Wohnungstür war wieder ins Schloß gefallen. Eingesperrt, dachte sie und lachte zugleich auf. Nein, das war Unsinn. Auf diesen Vergleich wollte sie sich nicht einlassen. Florence hatte sich die Räume selbst ausgesucht und nach ihrem persönlichen Geschmack eingerichtet, wenn auch mit nicht eben großen finanziellen Mitteln.

Die Wohnung war leer. Kein Mensch hatte sie während der Abwesenheit betreten und hielt sich versteckt. Sie hätte beruhigt sein können, aber sie war es nicht. Trotzdem wollte sie die Wohnung nicht verlassen, um zu ihren Freunden zu laufen. Die letzten Proben waren gelaufen. Sie würde morgen nach London fahren und dort an der Premiere teilnehmen. Das war ihre Chance, und die wollte sie sich auf keinen Fall entgehen lassen. Wenn sich jemand im Theater aufhielt, der sie sah und ihr Talent erkannte, dann war schon viel gewonnen.

Florence zog die feuchte Kleidung aus, hängte sie an den Haken und verstaute die Lebensmittel in ihrem kleinen, gebraucht gekauften Kühlschrank. Der Regen hatte ihre Jeans naß und klamm werden lassen. Auch der Pullover war nicht mehr trocken.

Überhaupt hatte sich die Kälte in der gesamten Wohnung ausgebreitet, in der es auch keine Heizkörper gab. Um es warm haben zu wollen, mußte sie einen fahrbaren Radiator einschalten, der die meiste Zeit über im kleinen Bad stand und auch jetzt eingeschaltet war. Da kostete zwar Strom, doch frieren wollte sie auch nicht.

Ein Zimmer stand so gut wie leer. Hier hingen nur ihre Klamotten an einem fünffüßigen Garderobenständer. Im größten Raum lebte und schlief sie auch.

Alte Möbel aus zweiter Hand bildeten die Einrichtung. Zwei hohe Fenster gaben den Blick nach draußen frei, wo sich der Tag zu verabschieden begann. Es war längst dämmerig geworden, wenn nicht schon dunkel. Ihr Blick streifte über ein Brachgelände hinweg, das irgendwelche Leute als Müllkippe zweckentfremdet hatten, denn überall lag Zeug herum, das niemand mehr benötigte.

Sie sah wieder die fallenden Blätter und dachte daran, daß die Natur sich zum Schlafen legte und die alte Kleidung abwarf. Im nächsten Jahr erst würde sie wieder erwachen, doch daran konnte und wollte sie jetzt nicht denken.

Es zählte dieser Tag hier, und es zählte auch ihr Gefühl, das beileibe nicht gut war. Es bedrückte sie, es machte ihr Furcht.

Sie drehte sich um.

Das Frieren würde wahrscheinlich vergehen, wenn sie eine heiße Dusche nahm. Zwei Minuten später war sie ausgezogen und stand im warmen Bad. Eine Wanne gab es nicht, die Dusche reichte aus. Ein Handwaschbecken mit einem kleinen Spiegel darüber, Haken für Handtücher, die Toilette, ein dreibeiniger Hocker und die grün gestrichenen Wände mit den feuchten, großen Flecken machten den kleinen Raum nicht eben zu einer Luxusoase.

Sie ließ das Wasser laufen. Es dauerte immer eine Weile, bis es heiß wurde. Zum Glück funktionierte die Wasseraufbereitung. Der Dampf quoll ihr wie Nebel entgegen. Florence regulierte die Temperatur. Ausgezogen hatte sie sich bereits. Das Handtuch lag über ihrer Kleidung auf dem Hocker, und dann endlich konnten ihr die warmen Strahlen das Frösteln und die Kälte aus dem Körper treiben.

Florence Turner genoß die Dusche. Ihre Gedanken wanderten dabei weit weg und hinein in die Zukunft. Sie dachte an das Stück, das sie und ihre Kollegin morgen aufführen würden. Ein gruseliges Drama und sogar mit einem Schuß Horror versehen. Die düstere Musik, die Szenerie, die Beleuchtung, das alles kam zusammen und veränderte die Bühne zu einer Filmleinwand.

Später trocknete sie sich ab und dachte auch jetzt über ihre Rolle nach.

Jetzt gefiel es ihr nicht mehr, daß sie eine Tote spielen sollte, die wieder zum Leben erweckt wurde. Normalerweise hätte es ihr nichts ausgemacht; sie hatte sich sogar auf die Rolle gefreut. Nun sah es anders aus, und sie spürte auch, wie sich ihr Herzschlag beschleunigte.

Angst?

Nein, im Prinzip brauchte sie keine Angst zu haben. Hier lief alles glatt, wie es immer gewesen war. Sie hatten lange genug geprobt. Da würde es keinen Ärger geben.

Florence hatte keine Lust mehr, sich normal anzuziehen. Sie entschied sich für einen weißen und flauschigen Morgenmantel, den sie in Höhe der Taille verknotete. Dann ging sie zurück ins Wohnzimmer und schob die Heizung vor sich her.

Draußen war es jetzt völlig finster geworden. Die Dunkelheit drückte gegen die Scheiben wie ein schwarzes riesiges Tier, das bewegungslos in der Luft stand. Am Himmel zeigten sich keine Gestirne, denn die dicke Wolkenschicht verdeckte alles.

Florence erinnerte sich daran, daß sie eine Flasche Rotwein in der Küche stehen hatte. Sie entkorkte die Flasche und nahm sie zusammen mit dem Glas mit in das Wohn-Schlafzimmer.

Es war ein beruhigendes Gefühl für sie, als sie den Wein in das Glas gluckern hörte. Der Wein war etwas zu kühl, aber das machte ihr nichts aus. Er würde im Laufe der Zeit eine bessere Temperatur erhalten, dann konnte sie ihn richtig genießen.

Von einer Verwandten hatte sie einen Sessel geschenkt bekommen, dessen Rückseite sie zurückstellen konnte. Das lief in drei Stufen ab. Die erste Stufe war für Florence ideal. Da lag sie nicht, und da saß sie auch noch nicht. So konnte sie trinken, in die Glotze schauen oder auch lesen. Die Stehlampe stand in der Nähe. Sie selbst hatte sie aus zwei verschiedenen Teilen zusammengebastelt. Das Licht war weich, weil es durch den gelben Schirm gedämpft wurde. Es floß auf sie und fing sich funkelnd auf der Oberfläche des Rotweins.

Florence schaute sich die Reflexe an, hob das Glas, nahm die ersten beiden Schlucke und streckte dabei die Beine aus. Eigentlich hätte sie sich wohl fühlen müssen, wie an vielen anderen Abenden zuvor. Heute traf das nicht zu. Auch der Wein schaffte es nicht, ihre Nervosität zu unterdrücken. Sie blieb unruhig. Sie aß auch keinen Käse zum Wein, wie sie es sonst immer getan hatte. An diesem Abend war so vieles anders, obwohl sich äußerlich nichts verändert hatte.

Die Heizung gab genügend Wärme ab, um sie nicht frieren zu lassen. Aber die Gänsehaut wollte nicht weichen. Florence Turner stellte fest, daß die Kälte in ihr steckte und sich immer wieder hochdrängte. Dieser Abend war nicht gut. Er würde auch keinen weiteren guten Verlauf haben. Etwas stimmte nicht. Es war die Ahnung, daß ein schlimmes Ereignis bevorstand.

Sie hätte jetzt einige Klamotten packen und die Wohnung verlassen sollen. Darauf verzichtete sie. Es war, als hielte sie jemand im Sessel fest. Florence war nicht einmal in der Lage, nach der neben dem Sessel auf dem Boden liegenden Fernbedienung zu greifen, um die Kiste anzustellen.

So blieb sie in ihrer Haltung liegen, den Blick auf die graue Mattscheibe der Glotze gerichtet und hin und wieder Wein aus der Flasche nachschenkend.

Zeit verstrich. Florence merkte es nicht. Sie kam sich in ihrer eigenen Umgebung wie gefesselt vor, und es war ihr, als wäre sie von etwas Fremdem umgeben, das sich unsichtbar in den einzelnen Zimmern verteilt hatte.

Vor kurzem hatte ihr ein Freund mal Teile aus der Offenbarung des Johannes vorgelesen. Schreckliche Dinge, die geschehen würden, bevor die Welt verging. Daran wurde Florence in diesen Augenblicken erinnert, und gerade in ihrer Lage konnte sie sich vorstellen, daß so etwas wahr werden würde.

Sie füllte das Glas noch einmal. Die Hälfte der Flasche war bereits leer, und Florence spürte schon die Wirkung des Rotweins. Sie lullte sie ein. Es gelang ihr nicht mehr, die Gedanken scharf und klar zu fassen. Sie wollten wegtreiben, ohne sich wieder einfangen lassen zu können.

Der Blick auf die Fenster.

Schwaches Licht nur glitt vor den Scheiben entlang. Es war kaum in der Lage, die Dunkelheit zu erhellen. Draußen bewegte sich ebenfalls nichts. Bäume gab es auf dem Brachgelände nicht mehr. So malten sich auch keine Kronen ab, die vom Wind hätten bewegt und deren Blätter hätten geschüttelt werden können.

Und doch war es nicht ruhig.

Vor dem Fenster sah sie etwas Dunkles. Einen

Schatten, der sich wie ein großer Vogel von einer Seite zur anderen bewegte, dabei aber immer in Höhe des Fensters blieb.

Sie hielt den Atem an. Florence wußte, daß es nicht normal war. Schon oft hatte sie am Abend hier gesessen und auf die Scheibe geschaut, aber was sie jetzt sah, war ihr noch nie aufgefallen. Sie rechnete damit, Besuch zu erhalten. Von einem mächtigen Vogel oder was auch immer. Einer, der sich verirrt hatte und eigentlich in einem Freigehege besser aufgehoben gewesen wäre.

Der ›Vogel‹ flog nicht weg. Er blieb nahe der beiden Fenster. War mal hinter dem einen besser zu sehen, mal hinter dem anderen. Je nachdem, wie er sich bewegte.

Plötzlich stand er still. Genau hinter der von Florence aus gesehen linken Scheibe. Er malte sich dort ab, aber sie war nicht in der Lage, alles genau zu sehen.

Sie wunderte sich sowieso darüber, daß dieses Wesen sich so starr in der Luft aufhalten konnte, als wäre es mitten in der Luft festgebunden worden.

Aber er trat deutlicher hervor. War es ein Kopf? Vielleicht ein Gesicht? Nicht rund, sondern eher aus Ecken bestehend. Irgend etwas war es schon, und sie bildete es sich auch nicht ein, denn dazu reichte die Phantasie doch noch nicht aus.

Das Rote.

Zwei Punkte!

Rechts und links. Dazwischen lag eine schwarze Fläche. Mit den roten Punkten, die für Florence die Farbe von Blut aufwiesen, kam sie nicht zurecht. Noch immer dachte sie an einen Vogel, dessen Augen diese Farbe aus welchen Gründen auch immer angenommen hatten.

Stillstand, keine Bewegung. Ebenso wie bei Florence. Sie sagte und tat nichts. Nur dieses Starren nach vorn. Direkt hinein in das Gesicht der Gestalt, deren Erscheinen für sie unbegreiflich war. Kein Mensch, kein Vogel, kein . . .

»Öffne das Fenster!«

Eine Stimme. Von einem Fremden gesprochen, aber deutlich zu hören und auch wieder nicht normal zu hören, denn sie vernahm die Botschaft nur in ihrem Kopf.

Plötzlich war sie zu Stein geworden. Florence wollte gern an eine Täuschung glauben. Sie dachte auch daran, aufzustehen und wegzurennen, doch das ließ der andere nicht zu, denn er wiederholte seinen verdammten Befehl, und Florence Turner wußte nun mit Sicherheit, daß sie sich nicht geirrt hatte.

Der *sprach* auf eine besondere Art und Weise mit ihr. Der Jemand beherrschte Kräfte, von denen sie bisher höchstens etwas gelesen hatte.

Die junge Frau strengte ihre Augen an, um mehr erkennen zu können. Bessere Umrisse. Die Augen deutlicher und alles, was sich darunter abmalte. Auch das war nicht möglich. Nur diesen ungewöhnlichen Umriß sah sie, der einem Gesicht nahekam.

Wie unter dem berühmten Hieb mit der Peitsche zuckte sie zusammen, als sie das Kratzen außen am Fenster hörte. Das waren keine normalen Finger, die über die Scheiben hinwegglitten. Es mußte sich schon um Krallen handeln, als wollten diese den Dreck vom Glas außen wegkratzen.

»Komm her!«

Da war die Stimme wieder. Diesmal noch schärfer und befehlsgewohnter. Mit beiden Händen umklammerte Florence die Lehnen an den Seiten, doch sie wußte zugleich, daß es nichts brachte. Auch sie würden ihr keinen Halt mehr geben.

Sie atmete tief durch – und stand auf!

Im ersten Moment erschrak sie sich über sich selbst, als sie sich vor dem Sessel stehen sah.

Ich bin das nicht! hämmerte sie sich ein. Nein, ich bin das nicht, verdammt!

Trotzdem wußte sie genau, daß sie es war. Sie und keine andere stand vor dem Sessel und nicht ihr Geist. Sie starrte auf das Fenster. Auch wenn sie es gewollt hätte, es wäre ihr nicht möglich gewesen, woanders hinzuschauen.

Dieses dunkle Viereck mit dem Unbekannten dahinter war und blieb das Ziel.

Er war der Magnet, sie das Stück Eisen, das von ihm angezogen wurde. Ohne daß es ihr richtig bewußt wurde, setzte sie ein Bein vor das andere und ging auf das dunkle Viereck zu. Wie oft hatte sie das Fenster geöffnet und hinausgeschaut. Wie oft hatte sie sich über die warme Luft eines Sommertages gefreut, wenn sie in ihre Wohnung eindrang. Das war nun vorbei.

Plötzlich kam ihr das Fenster fremd und abweisend vor. Es hatte sich verändert. Es war zu einem Einstieg ins Grauen geworden. Wer immer sich dahinter aufhielt, er konnte alles sein, nur nicht ihr Freund.

»So ist es gut.«

Der Fremde hatte genau mitbekommen, was sie tat. Irrte sie, oder hatte er ihr zugewinkt?

Florence fühlte sich als Marionette, die an den

Fäden eines Fremden hing, vor dem sie sich fürchtete, dem sie aber gehorchte.

Es waren nur wenige Schritte bis zum Fenster. Alles war sie sonst geblieben. Nur schärfer. Sie hörte den eigenen Atem lauter. Jedes Aufsetzen des Fußes ebenfalls. Da hatte sich eine völlig andere Atmosphäre über die normale geschoben.

Dann war sie da.

Das heißt, sie brauchte nur den Arm auszustrecken, um den Griff umfassen zu können. Noch zögerte sie. Plötzlich schien die Scheibe verschwunden zu sein, so klar und deutlich sah sie das Gesicht in der Dunkelheit hinter dem Fenster schweben.

Das wie bleich angestrichen wirkende Gesicht eines Menschen. Bestückt mit Augen, deren Pupillen rot waren. Einfach nur zwei blutige Tropfen.

So etwas hatte sie noch nie in ihrem Leben gesehen. Das war nicht menschlich, auch wenn das Gesicht so wirkte. All die Bleichheit und diese dünne Haut, in der selbst die Lippen nicht auffielen. Dann die leicht gebogene Nase, über der sich die hohe Stirn mit den dunklen Brauen abhob.

Schwarzes Haar. Glatt nach hinten gekämmt. Ein Wesen, wie es in bestimmten Filmen und in entsprechenden Büchern vorkam, und das sie nicht als menschlich ansah.

»Öffne!«

Genau das Wort hatte noch ausgereicht, um Florence handeln zu lassen. Jetzt streckte sie ihren rechten Arm aus und umfaßte den Fenstergriff. Er war aus Metall und kaum angewärmt. In den folgenden Sekunden reagierte sie rein automatisch. Sie drehte ihn herum, wie sie es immer tat. Dann zerrte sie am

Fenster, spürte den leichten Widerstand, wo Holz über Holz streifte, ein letzter, kleiner Ruck, und schon war das Fenster offen. Da schwappte ihr die kühle Luft entgegen, und sie trat einen Schritt zurück. Nicht nur wegen der Kälte. Sie wollte dem unheimlichen Besucher Gelegenheit geben, durch das offene Fenster in ihre Wohnung zu gelangen.

Er kam der Aufforderung nach. Florence wußte nicht einmal, ob er sich normal wie ein Mensch bewegte oder mit der Hauswand als Stütze kletterte. Sie hörte auch kein Geräusch, er drückte sich schwebend hoch, so daß sie jetzt einen großen Teil seiner Gestalt sah, die ganz in Schwarz gekleidet war.

Sie duckte sich beim Eintritt etwas, um sich dann nach vorn zu beugen. Das Gesicht blieb so bleich wie es war, nur auf der Stirn veränderte sich etwas.

Zunächst war es nur eine Bewegung. Da zuckte die Haut, und auf dem hellen Hintergrund entstand ein dunkler Umriß.

Noch sah sie ihn nicht genau. Erst als der Fremde einen Schritt in das Zimmer hineinsetzte und mit dem rechten Fuß den Boden berührte, sah sie besser, was sich da verändert hatte.

Auf der Stirn zeichnete sich ein Buchstabe ab, der von Sekunde zu Sekunde immer deutlicher hervortrat und den Florence einfach nicht aus den Augen lassen konnte.

Zuerst hatte sie mit einem O gerechnet. Oder mit einer Null. Das war es nicht. Während der Buchstabe sich immer mehr rötete und die Farbe in den Pupillen zurückging, wurde ihr klar, daß die Stirn des Fremden mit einem D bestückt war.

Sie konnte sich keinen Reim darauf machen. Aber

der Fremde war am Ziel seiner Wünsche angelangt, denn sie sah sein breites Lächeln, bei dem die Lippen geschlossen blieben.

Er hatte auch das andere Bein eingeholt, stand im Raum, schloß das Fenster, und Florence war in der Lage, auch etwas Bestimmtes zu spüren, das er ausstrahlte.

Ein Geruch? Eine Sphäre? Vielleicht beides. Da vermischte sich etwas miteinander. Der feuchte, alte Geruch, der sie an Särge und auch Blut erinnerte auf der einen Seite und auf der anderen diese unsichtbare Strahlung, die sie als Schauer erreichte und die abermals bei ihr eine Gänsehaut verursachte.

Sie spürte die Furcht. Sie war wie ein Druck, der sich innen und außen auf ihrem Körper verteilt hatte. Sehr heftig klopfte ihr Herz. Es war für Florence schwer, einen eigenen Gedanken zu fassen, und doch mußte sie sich damit abfinden, daß vom heutigen Tag nichts mehr so war wie sonst. An diesem Abend hatte ihr Leben eine Wende erfahren, und diese Wende würde sich fortsetzen bis hinein in ihre neue Existenz, die vor ihr lag. Wie zwei Schuhe, in die sie nur noch hineinzusteigen brauchte.

Florence bewegte sich nicht, auch als der Fremde dicht an sie herantrat. Er streckte ihr die Hand entgegen. Eine bleiche Hand mit langen Fingern, die von dünner Haut bedeckt waren. Recht spitze Nägel für einen Mann, das sah sie wie nebenbei.

Dann berührte er sie. Er hatte die vorderen Enden der Finger leicht gekrümmt und berührte ihre nackte Haut im Dreieck des Bademantel-Ausschnitts.

Für eine winzige Zeitspanne verkrampfte sie sich. Die Finger des Besuchers waren so anders. Sie waren kalt, doch auf eine besondere Art und Weise. Keine normale Kälte, die Hände abgaben, wenn sie im Winter zu lange ungeschützt gewesen waren. Erklären konnte sie sich diese Kälte nicht, aber Florence blieb stehen und schloß die Augen.

Sie wartete. Sie fühlte sich unterlegen und auch weniger menschlich, so seltsam ihr dieser Vergleich auch vorkam. Sie kannte den Besucher erst seit kurzer Zeit. Er hatte auch noch nicht normal zu ihr gesprochen, und dennoch fühlte sie sich ihm gegenüber unterlegen. Er war einer, der alles beherrschte, auch Menschenleben.

Florence konzentrierte sich auf die Hand. Noch immer lagen die leicht gekrümmten Finger auf der gleichen Stelle. Aber sie bewegten sich jetzt auf und ab. Wanderten hoch bis zum Halsbeginn, dann wieder nach unten und stoppten erst, als sie den Ansatz der Brüste erreicht hatten, ohne diese allerdings zu streicheln.

Florence atmete heftiger. Jetzt nur noch durch den Mund. Ein ungewöhnliches Prickeln rann durch ihren Körper. Sie verglich es mit einem Strom, der immer mehr Nachschub aus einer nie enden wollenden Quelle bekam. Dieses Gefühl war so hoch erotisierend, das sorgte für die Schmetterlinge im Bauch, und Florence kannte es nur, wenn sie mit einem Mann zusammen war oder jemand gesehen hatte, dessen Anblick sie tief traf.

Die kalte Hand erreichte ihr Gesicht. Sie war kalt geblieben und hatte nicht die geringste Wärme ihrer Haut angenommen. Der andere drehte sie, so daß er mit der Handfläche über die Wange streicheln konnte und sie hoch bis zur Stirn gleiten ließ.

Florence war blond. Auch von Natur aus. Sie allerdings hatte der Farbe noch mehr Pep gegeben, denn in das natürliche Blond waren helle Strähnen eingefärbt worden. Auf der Bühne trug sie die Haare toupiert, im normalen Leben nicht, da waren sie etwas strähnig und auch nicht lockig.

Er nahm nur die eine Hand. Es tat ihr gut. Durch sein Streicheln hatte er eine Verbindung zwischen ihnen geschaffen, die sie als starkes Band empfand.

»Komm«, sagte er mit seiner rauhen Flüsterstimme. »Geh zurück und setz dich wieder hin.«

Florence gehorchte. Sie wäre zudem nicht auf den Gedanken gekommen, sich dagegen aufzulehnen. Sie ging sehr langsam. Erst als sie den Widerstand der Sitzfläche spürte, blieb sie stehen. Einen Moment später folgte sie dem leichten Druck der Hand, knickte in den Knien ein, setzte ich hin, ließ sich dann zurücksinken und bekam mit, daß sich der unheimliche Besucher am Stellhebel des Möbels zu schaffen machte.

Er wollte es nach hinten kippen und es in eine liegende Position bringen.

Florence glitt mit der Lehne zurück. Obwohl der Gegendruck geblieben war, hatte sie nach wie vor den Eindruck, schräg in der Luft liegend zu schweben. Sie ließ sich weitergleiten, bis sie eine fast liegende Position erreicht hatte.

Dann erst öffnete Florence die Augen!

Der Fremde stand links neben ihr. Genau in Höhe der Oberschenkel. Auch jetzt hielt er den Mund noch geschlossen. Nur seine Augen waren weit geöffnet. Das Lampenlicht erreichte ihn schwach. So blieb eine Hälfte seines Körpers mehr in der Dunkelheit verborgen. Trotzdem reichte die Beleuchtung aus. Florence schaute zu ihm hoch. Sie lächelte. Er machte ihr keine Angst mehr. Im Gegenteil, sie fühlte sich zu ihm hingezogen. Es war das erotische Verlangen zwischen Mann und Frau, das sich da festgesetzt hatte. Dennoch nicht zu vergleichen mit den Gefühlen, den sie ihren sonstigen Freunden gegenüber empfand. Dieses Band hier war noch stärker, ohne Maschen und straff.

Florence Turner wollte gar nicht wissen, wer der Fremde genau war und wie er hieß. Sie wollte nur, daß er zu ihr kam, ganz nah – sehr nah. Nach einem seufzend klingenden Atemzug hob sie die beiden Arme an und streckte sie ihm entgegen.

Diese Geste sagte genug. Er mußte sie einfach wahrnehmen und entsprechend handeln wie sie es wollte.

Der Fremde beugte sich nicht vor. Eine Reaktion allerdings zeigte er.

Wieder zogen sich seine Lippen in die Breite.

Diesmal aber öffnete er den Mund.

Im nächsten Augenblick sah sie etwas, das sie normalerweise erschreckt hätte, was ihr in diesem Fall allerdings nichts ausmachte.

Aus dem Oberkiefer hervor wuchsen zwei lange, leicht gekrümmte, gelbliche und spitze Zähne.

Ihr Besucher war ein Vampir!

»Du mußt dich entscheiden, John«, sagte Jane Collins und schaute dabei zu, wie ich dünne Nudeln um die Zinken der Gabel drehte, »denn morgen haben wir bereits Samstag.«

»Weiß ich.«

Sie ließ nicht locker. »Außerdem hast du frei. Jedenfalls hast du nichts anderes gesagt. Und Lady Sarah würde sich freuen, das wissen wir beide ebenfalls.«

Ich hatte die Nudeln endlich gefangen und konnte sie in meinen Mund verschwinden lassen. Sie waren al dente gekocht. Ich kaute langsam, grinste dabei und blickte auf die blonde Detektivin, die mich aus ›Schlangenaugen‹ anschaute.

Wir hatten uns bei diesem Italiener getroffen, bei dem man einfach für sein gutes Geld ein gutes Essen und auch schmackhaften Wein bekam. Das alles zu Preisen, die man auch als Normalbürger akzeptieren konnte und nicht erst zu sparen brauchte, um essen zu gehen.

Es ging darum, daß mich die vom Alter her so unterschiedlichen Frauen am morgigen Tag mit ins Theater nehmen wollten. Zu der Premiere eines Grusicals, dessen Titel *In the Darkness* lautete. Es war kein Stück, das auf den großen Londoner Bühnen lief. Nein, man fing unten an. Junge Künstler, die sich erst noch einen Namen machen wollten und sich etwas Besonderes ausgedacht hatten. Eben ein schauriges Theaterstück mit Musik, ein Grusical. Ich kannte so etwas. Das hatte ich vor Jahren mal in New York am Broadway erlebt und war damals auf Mr. Horror getroffen. Mit Schaudern erinnerte ich mich noch an den Fall, als plötzlich Menschen verschwanden und zu Zwergen wurden. So etwas ähnliches sollte auch hier in London aufgeführt werden. Mittlerweile schrieben wir Oktober. Die Zeit der Theaterpremieren lief wieder an, und dabei wollten auch Jane Collins und Sarah Goldwyn, die Horror-Oma, nicht fehlen. Natürlich suchten die beiden sich nicht irgendeine

Oper aus oder ein Schauspiel, nein, bei ihnen mußte es schon etwas Besonderes sein. Da kam ihnen ein Grusical gerade recht.

Ich ließ die Nudeln in meinen Magen rutschen und trank einen Schluck vom Roten.

Jane hob drei Finger ihrer rechten Hand. »Die Karten haben wir bereits, John. Danach können wir uns noch ein paar schöne Stunden machen, und du brauchst auch nicht unbedingt nach Hause zu fahren. Du kannst in Sarahs Haus übernachten.«

Ich grinste. »Zum Beispiel bei dir?«

»Ja, zum Beispiel.«

»Mit Lady Sarah als Anstandsdame.«

»Hör auf, Mann.«

»Du weißt ja, Jane, ältere Menschen brauchen weniger Schlaf als junge. Das wird auch bei Sarah so sein.«

»Und wenn schon, was ich allerdings nicht glaube. Sagst du nun ja oder nein?«

Ich aß wieder ein paar Nudeln und fragte dann: »Um was geht es da bei diesem Stück?«

»Um eine Hexe, um eine Tote, die von ihr zum Leben erweckt werden soll oder wird, um einen Schloßherrn, der mit der Hexe verheiratet gewesen ist, die sich durch das Erwachen der Toten, die einmal als lebende Person die Geliebte des Schloßherrn gewesen ist, an ihrem Gatten rächen will. Du merkst, das liegt alles im menschlichen Bereich. Oder im zwischenmenschlichen.«

»Wie es immer vorkommt bei uns.«

»So ähnlich?«

»Und das Stück heißt *In the Darkness*.«

»Ja. Mit dem Untertitel ›Blut und Sünde‹.«

»Aber hallo, das hört sich ja spannend an.«

»Ist es auch, John.«

Ich spannte Jane noch etwas auf die Folter und fragte: »Wer spielt denn alles mit?«

Sie winkte ab. »Bekannte Namen sind natürlich nicht dabei. Aber junge Leute, die an der untersten Stufe der Karriereleiter stehen und sich erst noch einen Namen machen wollen. Eine tolle Truppe, kann ich dir sagen.«

»Woher weißt du das?«

»Habe ich in einem schmalen Prospekt gelesen, den Lady Sarah mitgebracht hat. Du kennst sie doch. Wenn so etwas aufgeführt wird, läßt sie sich das nicht entgehen. Momentan laufen keine besonderen Gruselstreifen in den Kinos, da muß sie sich eben etwas anderes suchen. Ich habe schon zugestimmt, und wir haben noch eine Karte übrig. Wir können sie wieder abgeben oder sie dir schenken.« Sie klopfte mit dem Zeigefinger auf den Tisch. »Das wird sich heute und hier entscheiden, habe ich jedenfalls Sarah gesagt.«

Ich aß auch meine letzten Nudeln. Dann fragte ich: »Warum ist sie denn nicht mitgekommen?«

»Weil sie uns mal einen Abend nur zu zweit gönnen wollte.« Jane lächelte honigsüß. »Die weiß eben, was sich gehört. Und morgen könnten wir uns dann das Grusical anschauen.«

Ich runzelte die Stirn. Mein Gesicht blieb ernst, obwohl ich mich innerlich schon entschieden hatte, was Jane aber nicht merkte. Unter dem Tisch trat sie mich. »Los, alter Geisterjäger, gib dir endlich einen Stoß. Das ziehen wir durch.«

»Tja, wenn du das so sagst.«

»Du bist also dabei?«

Ich lehnte mich zurück und gab meine Antwort mit

einem seufzenden Unterton. »Könnte ich dir jemals einen Wunsch abschlagen, liebe Jane? Du hast gewonnen, ich bin dabei.«

»Wunderbar«, jubelte sie und griff nach ihrem Glas. »Darauf sollten wir anstoßen.«

Unsere Gläser klangen gegeneinander. Wir konnten uns einen Schluck erlauben, denn wir waren beide mit einem Taxi gekommen. Jane bestellte auch direkt Nachschub. Der Wein wurde hier in Glaskolben gebracht, aber ihr gefiel mein Gesicht nicht, denn sie sagte: »Deine Begeisterung hält sich in Grenzen.«

»Na ja, ich jubele nicht gerade.«

»Was ist der Grund?«

»Ich denke nur einige Jahre zurück. Da war ich in New York. Da habe ich dieses Broadway-Grusical erlebt und bin in Kontakt mit Dr. Horror gekommen.«

»Himmel, das war New York. Hier haben wir London.« Sie räusperte sich und senkte ihre Stimme. »Ich kenne dich ja, John, und ich hätte dich auch nie gefragt, weil ich weiß, daß du mit dem echten Grusel genug am Hals hast. Aber hier geht es um Lady Sarah. Die Horror-Oma ist mal wieder aufgeregt. Sie will was erleben. Sie braucht den Kick, und das in ihrem Alter. Ist zwar ungewöhnlich, aber was sage ich dir da. Wir beide kennen sie besser.«

»Leider.«

»Und es ist ein normaler Theaterabend mit einem Stück, das in unser Genre fällt.«

»Genau das meine ich.«

»Wieso?«

»Nun ja, ich habe schon Ärger genug mit irgendwelchen Hexen und Untoten. Jetzt muß ich mich damit noch in meiner knappen Freizeit herumschlagen.« Ich stöhnte unrecht klingend auf. »Man hat es wirklich nicht leicht im Leben.«

»Ach ja, wenn ich Zeit habe, werde ich dich bedauern. Das ist ja alles nur Theater.«

Ich verzog den Mund und wiegte den Kopf. »Irgendwie ist das ganze Leben ja Theater«, erwiderte ich mit einem philosophischen Unterton in der Stimme.

»Richtig.« Sie hob ihr Glas an. »Deshalb sollten wir auf die Bühne des Lebens trinken.«

»Auch das noch. Aber nur, weil du es bist.«

Wir lachten beide. Es hatte mir auch Spaß gemacht, Jane Collins ein wenig auf die Folter zu spannen, denn ich hatte an diesem Wochenende nichts vor. Es lag auch kein besonderer Fall an. Shao und Suko waren froh, allein zu sein, und ich hätte die beiden Tage wahrscheinlich in meiner Wohnung verbracht und vergammelt.

»Wann beginnt die Vorstellung?«

»Zwanzig Uhr. Vier Stunden vor Mitternacht.«

Ich horchte auf. »Warum betonst du die Tageswende so überdeutlich?«

»Weil es anschließend eine Premierenparty im Foyer des Theaters gibt. Dort können wir essen und trinken. Ist alles im Eintrittspreis enthalten. So etwas gehört auch zum Gebiet der Erlebnis-Gastronomie.«

»Davon habe ich schon gehört. Für mich ist nur wichtig, daß wir nicht während der Vorstellung essen und trinken müssen.«

»Da brauchst du keine Angst zu haben. Sarah wird sich freuen. Sie beschwert sich sowieso immer, daß sie dich viel zuwenig sieht.«

»Ja, ja, ich weiß. Aber das ist eine Ausrede. Ich

kenne sie. Sarah geht es dabei weniger um meine Person als darum, etwas zu erfahren, was ich beruflich gemacht habe. Als Horror-Oma will sie eben informiert sein, was so abläuft.«

»Stimmt.« Jane schaute zu, wie ich Wein nachschenkte. »Doch morgen abend lassen wir andere den Horror machen und werden uns köstlich dabei amüsieren.«

»Wenn du das sagst.«

»Bestimmt, John, bestimmt . . .«

Florence Turner lag völlig bewegungslos in ihrem jetzt ganz nach hinten gekippten Sessel. Sie hatte ihren Atem reduziert, nahm ihn allerdings wahr, im Gegensatz zu dem des Besuchers, der noch immer starr an seinem Platz stand, sie anschaute und nicht zu atmen brauchte. Zumindest hörte sie nichts.

Sie schaute ihn an. Sie sah das blutige D auf der Stirn, und seltsamerweise dachte sie dabei an das Grusical. Sie fragte sich, wie dieser Vampir die Verkleidung oder Veränderung so hinbekommen hatte, daß der Buchstabe plötzlich anfing zu leuchten. Dafür fand sie keine Erklärung. Das wäre auch etwas für ihr Stück gewesen.

Auf der anderen Seite spielten sie Theater. Und was sie hier sah, das war echt und kein Schauspiel. Sie konnte sehr wohl echte Zähne von falschen unterscheiden. Diese Person trug kein Theatergebiß. Das war eben ein Vampir.

Ein Vampir! Ein echter!

Florence verstand sich selbst nicht mehr, daß sie so einfach darüber hinwegging. Sie nahm es als normal hin, daß es eben im wahren Leben auch Vampire gab. Verrückt, völlig abgefahren und aus der Reihe getanzt. Noch vor zwei Stunden hätte sie darüber gelacht, trotz der Worte der Lebensmittelhändlerin. Jetzt allerdings war sie damit konfrontiert worden und fand sich auch damit ab.

Warum nur?

Lag es an seinem Blick? An der Ausstrahlung, der sie sich nicht entziehen konnte? Er besaß etwas Besonderes, was andere nicht aufzuweisen hatten. Diese Gestalt war nicht nur ihr überlegen, sondern auch den anderen Menschen. Er stand über ihnen. Er strahlte eine Macht und eine Kraft aus, gegen die sie nicht ankam.

Die junge Schauspielerin fühlte sich in einem seltsamen Zustand, den sie vielleicht mit einer schwachen Hypnose vergleichen konnte. Sie sah die Realität, hatte sich aber zugleich aus ihr entfernt und schwebte zwischen zwei Zuständen.

Eine gewisse Mattheit durchfloß sie. Sie selbst wollte sich nicht bewegen. Keinen Arm anheben, sich auch nicht zur Seite wälzen und aufstehen, sie blieb einfach liegen, erfüllt von einer seltsamen Lethargie. Die normale Umgebung war für sie nicht mehr wichtig, sie konzentrierte sich einzig und allein auf diese Person vor ihr, die auch weiterhin nichts tat und einfach nur dastand.

Nicht einmal den Namen des Fremden kannte sie. Wenn sie einen Blutsauger überhaupt namentlich kannte, dann war es der berühmte Graf Dracula, aber der war mehr eine theoretische Gestalt, obwohl er ja tatsächlich gelebt hatte.

Florence wußte auch nicht, wieviel Zeit verstrichen

war, als sich ihr Besucher wieder regte. Dabei bewegte er nur seine schmalen Lippen und schickte ihr ein Lächeln zu. Ob es ein Lächeln war, konnte sie nicht hundertprozentig bestätigen, es war zumindest ein Zeichen, daß er sie wahrnahm, und das Lächeln wurde von ihr erwidert.

Plötzlich konnte er sprechen. »Du bist Florence, nicht?«

Sie fragte erst gar nicht, woher er ihren Namen kannte. Durch ein Nicken bestätigte sie ihn.

»Sehr schön, Florence.«

»Und wer bist du?«

»Dein Meister!«

Die beiden Worte hatten gereicht. Sie erweckten nicht einmal Widerspruch in ihr. Florence nahm sie hin. Ein Protest kam für sie nicht in Frage. Weder durch Worte noch durch Taten. Sie nahm es hin, und sie sah sich in der Rolle des Opfers, das sich voll und ganz unter die Kontrolle des Meisters geben hatte.

Er beugte sich nach vorn und streckte seine Hand aus. Florence schaute ihr entgegen. Wieder sah sie die langen und dünnen Finger, und sie erinnerte sich daran, wie sie diese ungewöhnliche Kälte der Hand auf ihrer Haut gespürt hatte. Ob er sie jetzt streicheln würde, war unklar, denn seine Hand bewegte sich auf eine andere Gegend ihres Körpers zu, mehr der Mitte entgegen, wo der Gürtel durch einen Knoten gehalten wurde.

Er ließ die Hand darauf liegen und hielt den Kopf nur so, daß er Florence anschauen konnte.

Wieder glaubte sie Schmetterlinge im Leib zu spüren. Sie flatterten scheinbar durch ihren Körper. Innerhalb von Sekunden erlag sie der Faszination des

Meisters, obwohl er nicht viel getan hatte. Nach wie vor lag seine Hand auf dem Gürtelknoten.

Jetzt bewegten sich seine Finger. Sie spielten mit dem Knoten, sie rieben über ihn hinweg, und Florence spürte den leichten Druck auf ihrer Haut. Wieder durchrieselte sie das andere Gefühl so stark, daß sie eine Gänsehaut bekam.

Er lachte leise. »Du fühlst dich gut, nicht?«

»Ja«, gab sie leise zu.

»Du möchtest, daß ich zu dir komme, nicht wahr? Ganz zu dir ...«

»Ja, das will ich.«

»Sehr schön, Florence. So habe ich es mir vorgestellt. Ich freue mich schon für dich auf den morgigen Abend, denn da wirst du eine ganz andere sein, das kann ich dir versprechen. Du wirst dich einfach nur wundern. Du wirst mir treu ergeben sein, und du wirst dich an deine neue Existenz gewöhnt haben. Ich weiß, was du zusammen mit deinen Freunden vorhast. Es gefällt mir. Mir gefallen immer Menschen, die etwas Besonderes tun. Ich habe euch ausgesucht, dich als erste, denn du wirst von nun an ein völlig neues Leben führen, das kann ich dir versprechen ...«

Florence Turner hatte gespannt zugehört. Es war ihr überhaupt nicht in den Sinn gekommen, ein Wort des Widerstandes auszusprechen. Sie wartete darauf, daß der andere endlich sein Versprechen in die Tat umsetzte, und er fing mit dem Gürtel an.

Eine Hand reichte ihm aus, um ihn zu entknoten. Die Finger bewegte er dabei locker, als hätte er nie etwas anderes getan.

Florence schaute dabei an sich herab und beobachtete die Finger, die den Knoten schnell lösten. Er schob die beiden Hälften des Gürtels zur Seite, und Florence merkte schon, wie auch die Schöße des Bademantels rutschten.

Sie war unter dem Kleidungsstück nackt. Es machte ihr nicht einmal etwas aus, sich den Blicken des Fremden zu präsentieren. Im Gegenteil, sie wartete sogar darauf, endlich ohne störende Kleidung vor ihm zu liegen. Sie war bereit, alles mit sich geschehen zu lassen, denn dieser düsteren und auch hocherotischen Faszination konnte sich Florence Turner nicht entziehen.

Durch Beinbewegungen half sie sogar mit, die Schöße des Bademantels vollends weggleiten zu lassen, so daß sie jetzt dalag wie Gott sie geschaffen hatte.

Der Vampir lächelte. Es tat ihm gut, diesen weiblichen Körper zu sehen. Seine Blicke ließen nichts aus. Sie fingen bei den Haaren an, tasteten über das Gesicht hinweg, saugten den Anblick ihrer Brüste auf, schauten auf den flachen Bauch, danach auf das blonde Haar unterhalb des Nabels, über die Oberschenkel, an den Beinen entlang, bis hin zu den Füßen.

»Du bist schön!« flüsterte er.

Florence hatte auf so etwas nur gewartet, und sie erschauerte unter dem Kompliment. Noch hatte er sie nicht berührt, doch das wünschte sie sich so sehr wie ein kleines Mädchen die Puppe zum Weihnachtsfest.

Es war schön für sie. Florence hätte ihre Gefühle gar nicht in Worte fassen können, doch des fehlte noch das Endgültige. Er hatte ihr versprochen, sie ganz zu nehmen. Die Gedanken daran sorgten für ein Zucken in ihren Oberschenkeln.

»Bitte ...«

Der Meister nickte. »Ja, du brauchst nicht mehr lange zu warten, Florence. Ich habe alles sehr gut vorbereitet. Ich werde jetzt zu dir kommen und dich zu meiner Braut erwählen.«

»Ja, bitte, mach mich zu deiner Braut.« Sie war unruhig geworden, und so bewegte sie sich auch. Sie rutschte leicht von einer Seite zur anderen, aber ihre Gedanken verfolgten eine falsche Richtung. Der Meister zog sich nicht aus, wie es normal gewesen wäre. Wenn er, ein erotisches und trotzdem asexuelles Geschöpf, jemand zu seiner Braut machte, dann nur unter seinen Voraussetzungen. Er sah aus wie ein Mensch, aber er war kein Mensch und handelte auch nicht menschlich.

Diesmal kniete er sich hin.

Florence beobachtete dabei jede seiner Bewegungen. Sie waren so flüssig, ohne zu stocken, und auch bei der Berührung des Bodens hörte sie nichts. Diese Person war in der Lage, sich lautlos zu bewegen, und auch als er kniete, hatte er sie noch nicht berührt.

»Bitte, Meister, bitte, ich kann nicht mehr länger warten. Du mußt einfach zu mir kommen.«

»Geduld, Florence. Wer meine Braut werden will, der muß auch Geduld zeigen ...«

Die Worte beruhigten sie. Ja, sie würde warten, es konnte nicht mehr lange dauern. Ihr Körper war bereit, doch sein Blick konzentrierte sich auf ihr Gesicht.

Florence war darüber ein wenig verwundert. Sie dachte an die heißen Nächte mit ihren Freunden. Sie waren zumeist anders abgelaufen. Die Männer hatten sich mehr für ihren Körper interessiert als für ihr

Gesicht. Der Meister war eben anders. Er wollte sie zunächst küssen, um sie dann ...

Sie dachte nicht mehr weiter und schloß die Augen, denn sein Gesicht war nahe an ihren Kopf herangekommen. Obwohl sie den Meister nicht mehr sah, nahm sie ihn intensiv wahr. Es lag an seinem Geruch, den er ausströmte. So alt, so staubig und auch nach Erde riechend, als hätte er lange Zeit in deren Tiefe verbracht.

Die erste Berührung!

Florence zuckte zusammen, denn sie hatte den kalten Druck an ihrer linken Wange gespürt. Ziemlich tief sogar, mehr in Höhe des Halses. Ein leichtes Frösteln huschte über ihren Körper hinweg, und sie krampfte sich zusammen.

»Ruhig, meine kleine Braut«, wisperte es an ihrem Ohr. »Du mußt ganz ruhig sein ...«

»Ich möchte aber ...«

»Das weiß ich. Keine Angst, es dauert nicht mehr lange. Ich bin nur dabei, dich zu genießen.«

Das begriff sie nicht. Unter einem Genuß oder Genießen verstand sie etwas anderes. Dann hätten mehr die Hände mit dabei sein müssen, die ihren Körper streichelten und erforschten. Aber er verließ sich auf seine Lippen.

Auch sie gaben keine Wärme ab. Sie waren kalt. Wie die Hände und die gesamte Haut. In einer weichen Linie glitten sie an ihrem Hals entlang in die Tiefe, und sie rechnete damit, daß sie bald ihre Brust erreichen würden, aber sie stoppten in der Mitte der linken Halsseite. Etwas länger blieben sie dort liegen. Florence merkte, wie sie sich öffneten und wie die Spitze der Zunge gegen ihre Haut stieß.

Die Berührung sorgte bei ihr für eine Verkrampfung. Sie ballte die Hände zu Fäusten und krümmte auch die Zehen. Jetzt wußte sie, daß es bald soweit sein würde, und ihr fiel überdeutlich ein, daß sie es bei dem Meister nicht mit einem Menschen, sondern mit einem Vampir zu tun hatte.

Vampire liebten anders …

Sie beißen, sie saugen Blut. Sie labten sich daran und sorgten dafür, daß ihr Opfer ebenfalls zu den Wesen wurden, die sich dann im Schutz der Dunkelheit bewegten. Die immer lebten, über Jahrhunderte hinweg. Die nur mit bestimmten Waffen getötet werden konnten.

Zum erstenmal nach dem Erscheinen dieser Gestalt wurde Florence Turner bewußt, in welcher Lage sie sich befand. Dieser Augenblick des ›Erwachens‹ reichte jedoch nicht aus, um eine Gegenwehr aufzubauen.

Will Mallmann war schneller.

Er biß!

Florence spürte ihn. Der Schmerz sorgte bei ihr für ein hörbares Einziehen der Luft, und sie erlebte auch eine innere Verkrampfung. Wieder zuckten die Zehen, sie winkelte auch die Beine leicht an, aber mehr schaffte sie nicht.

Florence war zu einem Opfer des Blutsaugers Will Mallmann geworden, der sich auch Dracula II nannte.

Er hatte an ihrem Hals eine Wunde hinterlassen und so genau gebissen, daß auch eine Ader getroffen war, aus der das Blut quellen konnte, das nun in seinen offenen Mund strömte.

Er schluckte und trank.

Er biß sich fest.

Er saugte, er knurrte dabei, und seine Hände hatten sich gegen die Schultern der nackten Frau gelegt. Sie drückten sie gegen den Liegesessel, so daß Florence keine Chance bekam, sich zur Seite zu drehen, um die Liege verlassen zu können.

Er gab ihr keine Chance.

Das Blut der Menschen war seine Quelle, aus der er sich labte und immer wieder regenerierte. Hier besonders. Sie war sein Opfer, das er sich ausgesucht hatte. Florence war ihm nicht zufällig in die Arme getrieben worden. Sie gehörte zu seinem Plan, den er bis zum bitteren Ende durchzog. Erst wenn sie zu ihm und seinen anderen Dienern gehörte, war Dracula II zufrieden.

Noch war Florence ein Mensch. Sowohl äußerlich als auch innerlich. Nur spürte sie, wie das Menschliche allmählich aus ihrem Körper entwich. Man raubte ihr das Blut, aber das war es nicht nur allein. Man nahm ihr auch gleichzeitig die Seele weg. Etwas floß aus ihr in Strömen heraus, und das beschränkte sich nicht allein auf den Saft des Lebens, den Mallmann so verbissen trank.

Er war nicht zu halten. Seine Lippen klebten am Hals der jungen Frau. Bei jedem neuen Saugen sah es aus, als wäre er dabei, Atem zu holen, denn sein Rücken zuckte.

Das Licht ließ seinen Schein über die beiden Körper hinwegfließen. Es schien dunkler geworden zu sein und hatte sich der gesamten Atmosphäre angepaßt. Die Düsternis des Besuchers übertrug sich auch auf die Umgebung. Hier herrschte das Grauen, es war das Zimmer der Bestie geworden, in dem sie das Opfer gefunden hatte.

Immer mehr ›Leben‹ rann aus der jungen Frau. Sie wurde zu einer anderen. Sie spürte, daß sich die menschlichen Gefühle allmählich verflüchtigten und sie in einen Strudel hineingeriet, der völlig anders war als alles, was sie kannte.

Sie wurde leicht und schwer zugleich. Etwas aus ihrem Körper mußte sich gelöst haben und war nun dabei, sie einfach wegzutragen. Hinein in das neue Leben, denn die Grenzen des alten, des normalen hatte sie bereits überschritten.

Aber Mallmann war gierig. Er machte seinem verfluchten Vampirdasein alle Ehre. Gierig sein und das Blut der Schönen genießen. So und nicht anders sah er seine Existenz.

Er trank sie leer.

Bis zum letzten Tropfen!

Dann erst ließ er von ihr ab. Die Lippen lösten sich vom Hals der jungen Frau, und dabei entstand ein schmatzendes Geräusch. Mallmann richtete seinen Oberkörper auf, blieb allerdings knien und hob nur den rechten Arm an, um sich dann mit dem Handrücken über die Lippen zu wischen. Auf der Haut blieb ein roter Blutstreifen zurück, den er mit der Zunge ableckte.

Erst dann war er zufrieden. Tief aus seiner Kehle drang ein sattes Stöhnen, und die nicht mehr blutigen Lippen verzogen sich zu einem Lächeln.

Er blickte auf die Liegende, die sich nicht mehr bewegte. Sie sah aus wie eine schöne Tote. Der Kopf war ein wenig nach rechts gedreht, so daß die linke Halsseite freilag. Dort malten sich die Spuren des Bisses ab. Es waren zwei Einstiche, wie von einer Nadel geführt und auf der hellen Haut der Blondine besonders deutlich zu sehen. Zwei Löcher, deren Ränder sich aufgewellt hatten, so daß die Wunden selbst an kleine Krater erinnerten.

Mallmann nickte zufrieden. Er streichelte mit der flachen Hand über das Gesicht seiner Braut hinweg und flüsterte: »Du bist nicht tot, meine Schöne. Für mich lebst du, und ich weiß, daß du auch weiterleben wirst und alles das tun möchtest, das ich auch getan habe. Du wirst erwachen, du wirst daran denken, dich zu sättigen, und du wirst es bald vor Durst nicht mehr aushalten können. Dann wirst du die anderen überfallen und auch ihr Blut trinken, und ich weiß, daß viele Menschen dir zuschauen werden, wenn du in meinem Namen weiterlebst ...«

Er trat zurück und lachte. Es wurde wieder Zeit, daß er seine Zeichen setzte. Viele gab es schon, die dachten, daß er nicht mehr vorhanden war und sich in seine Vampirwelt zurückgezogen hatte. Sie irrten sich. Er existierte zwar in dieser dunklen Welt, aber er kehrte immer wieder zurück. Er würde es seinen Feinden zeigen, an deren Spitze dieser John Sinclair stand.

Wieder einmal hatte Mallmann etwas in die Wege geleitet, an dem Sinclair sicherlich keinen Spaß haben würde, wenn er darauf stieß. Bestimmt würde er die Spur aufnehmen, dafür kannte ihn Dracula II zu gut. Wenn er das tat, war es vielleicht schon zu spät, denn da hatte Florence Turner bereits in seinem Sinne gehandelt.

In dieser Wohnung hielt ihn nichts mehr. Mallmann war auf ungewöhnlichem Weg in sie hineingelangt, und er würde sie ebenso wieder verlassen.

Während seiner zukunftsorientierten Gedanken hatte er das Fenster bereits erreicht, das nicht mehr richtig zugefallen war. Er konnte den Flügel leicht aufziehen und kletterte auf die Fensterbank.

Dort blieb er hocken.

Er hörte das leise Rascheln der Blätter, die vom Wind über den Boden hinweggetrieben wurden. Der Blick nach unten in die Tiefe, die so grauschwarz war. Der Untergrund war nur zu ahnen und nicht mehr als ein starres schwarzes Meer.

Will Mallmann stieß sich ab.

Jeder andere wäre zu Boden gefallen und dort hart aufgeschlagen, nicht Dracula II.

Es gab eine uralte Verbindung zwischen Vampiren, Fledermäusen und auch Werwölfen.

Bei ihm war es die Fledermaus. Noch während Dracula II fiel, mutierte seine Gestalt. Es war die Metamorphose von der menschlichen Gestalt zu der einer gewaltigen Fledermaus. Und sie war beendet, noch bevor er den Boden erreichte.

Wie ein riesiger Rochen glitt die dunkle Gestalt darüber hinweg und stieß in die Höhe dem Nachthimmel entgegen. Es gab keine Zeugen. Dracula II war wie ein Geist gekommen und auch wie einer verschwunden ...

Florence war wach geworden!

Irgendwann in den frühen Morgenstunden, doch draußen war es noch dunkel. Der neue Tag hatte es noch nicht geschafft, die Nacht zu verdrängen. Aus den dunklen Wolken rann schon seit mehr als einer Stunde der Regen und klopfte auf Dächer oder gegen Scheiben.

Sie bewegte sich.

Zuerst die Arme, dann die Beine. Beides winkelte sie an. Sie fühlte sich steif, auch matt, und sie versuchte, zu denken. Das klappte nicht. Etwas hinderte sie daran, und dann wunderte sie sich, daß sie auf dem Sessel lag, der gekippt war, so daß sie sich hatte ausstrecken können. Sie war nackt, und der Bademantel hüllte sie nicht mehr ein, denn er war zur Seite gerutscht.

Florence Turner stand nicht auf. Es war schlichtweg kein Bedürfnis vorhanden. Sie wollte zunächst einmal auf dem Sessel liegenbleiben und die Zeit abwarten.

Etwas war mit ihr geschehen. Sie kam sich verändert vor. Zwar noch menschlich, aber sie fühlte sich nicht mehr wie ein Mensch. Das bekannte Zimmer war ihr fremd. Die Möbel standen noch alle an ihren Plätzen, und sie sah auch die Umrisse der Fenster, wobei eines nicht geschlossen war. Kalte Luft wehte in das Zimmer hinein. Wären Gardinen dagewesen, so hätte der Wind mit ihnen gespielt, so war nichts da, was ihn aufhielt. Sie spürte ihn auf ihrer Haut, hörte auch das Rauschen des Regens, aber es war anders geworden als sonst.

Keine Kälte auf der nackten Haut.

Es gab überhaupt nichts, das mit einem normalen und menschlichen Gefühl zu tun gehabt hätte. Keine Wärme, keine Kälte, nur ein Druck in ihrem Innern.

Florence wollte atmen und stellte fest, daß sie es nicht mehr konnte oder auch nicht brauchte. Sie existierte, ohne daß sie Luft holen mußte, und als sie sich hinsetzte und der Bademantel von ihren Schultern herabrutschte, da wurde ihr auch nicht kalt.

Es gab keine Gefühle mehr.

Sie stand auf. Etwas verunsichert blieb sie schon

stehen. Dann ging sie zum Fenster und wunderte sich über ihre eigenen Schritte, die so müde und schlapp wirkten. Wie bei einem Menschen, der lange geschlafen hatte, aber noch ziemlich erschöpft war.

Dann betrat sie das kleine Bad. Alles im Dunkeln, denn sie dachte gar nicht daran, das Licht einzuschalten. Das kleine Bad war nicht mit einem Fenster ausgestattet und wirkte deshalb wie ein finsterer Verschlag. Um etwas sehen zu können, mußte sie das Licht einschalten, was sie auch sofort tat.

Ein Schrei.

Das Zurückschrecken.

Wie einen harten Stich im Kopf hatte die Helligkeit sie getroffen. Sie sah, wollte aber nicht sehen, schloß die Augen und wandte zusätzlich noch den Kopf ab.

Sie stöhnte. Es dauerte eine Weile, bis sie sich wieder gefangen hatte und in der Lage war, sich aufzurichten. Sie trat hinein in das Bad und hörte dabei das Geräusch ihrer tappenden Schritte. Die Augen hielt sie offen, sie drehte den Kopf, weil sie in den Spiegel schauen wollte, um zu sehen, was mit ihr geschehen war.

Der Spiegel über dem Waschbecken war nicht groß, aber er hatte ihr bisher ausgereicht, um sich zu sehen. Zumindest das Gesicht bis hinab zum Brustansatz.

So war es immer gewesen.

Und jetzt?

Sie sah sich nicht. Nein, der Spiegel gab ihr Bild nicht wieder. Florence stand davor und sah nicht einmal einen Schatten. Die Fläche vor ihr blieb leer.

Zurück in das andere Zimmer kehrte sie zunächst nicht. Nackt blieb sie vor dem Spiegel stehen und begann, nachzudenken. Besser gesagt, sie kramte in ihrer Erinnerung und dachte dabei vor allem an die vergangene Nacht, denn sie hatte schließlich die Veränderungen gebracht.

Etwas war passiert.

Etwas Entscheidendes, das nur sie etwas anging. Eine Umwandlung. Noch war sie Mensch, zumindest äußerlich, aber sie fühlte nicht mehr wie ein Mensch. Einem Menschen machte Licht nichts aus, er liebte es. Bei ihr war das Gegenteil eingetreten. Die nicht eben starke Helligkeit im Bad störte sie, und Florence drehte sich einfach um, denn sie mußte den kleinen Raum verlassen, damit es ihr besser ging.

Mit der Schulter streifte sie an der Türkante entlang und war froh, das Dunkel des größten Zimmers der Wohnung zu erreichen. Erst in dieser Atmosphäre ging es ihr besser.

Sie dachte auch nicht daran, sich etwas überzuziehen, denn es gab kein Frieren mehr. Florence setzte sich wieder hin und begann, ihren Körper zu betasten. Dabei dachte sie an den Besuch des Meisters, sie sah die dunkle Gestalt mit dem roten D auf der Stirn wieder vor sich und spürte noch im nachhinein den Schauder, der sich nur in ihrem Innern ausbreitete und die Haut in Ruhe ließ.

Er war zu ihr gekommen.

Er hatte sich zu ihr gesetzt. Er hatte sich über sie gebeugt und dann ...

Ja, sie wußte es wieder.

Bevor der Gedanke richtig in ihr Gestalt angenommen hatte, hob sie bereits den linken Arm, fuhr mit den Fingerkuppen am Hals entlang und wußte sehr bald Bescheid.

Sie fühlte die Wunden.

Zwei kleine Krater waren es, die sich an ihren Rändern wie aufgerollt zeigten.

Bißwunden!

Er hatte zugebissen.

Es störte sie nicht, daß es im Haus und auch draußen noch still war und ebenfalls das Fenster nicht geschlossen war. Die Gefühle brauchten freie Bahn. Und deshalb lachte sie wie nie in ihrem Leben.

Es war das Lachen des Wissens und der Befreiung. Zugleich zeugte es davon, daß Florence Turner ihr neues Schicksal angenommen hatte. Sie war nicht mehr der Mensch der letzten Tage und Nächte, sondern zu einem neuen Wesen geworfen.

Zu einem Vampir!

Kein Mann, ein Weib, eine Frau, die ebenso das Blut der Menschen trinken würde wie andere auch. Plötzlich zitterte sie, weil sie von einem wilden Verlangen erfüllt war. Sie hob die rechte Hand und führte sie zum Mund, den sie langsam öffnete.

Dabei dachte sie an den Anblick des Meisters, der ihr ebenfalls seine Zähne gezeigt hatte. Wenn sie zu seiner Braut geworden war, dann mußte sie ihm auch im Aussehen gefolgt sein.

Ja, da war etwas.

Noch nicht groß, aber bei zwei Zähnen spürte sie die Veränderung. Sie waren dabei, zu wachsen, und sie würden im Laufe der Zeit immer länger und spitzer werden, bis sie perfekt für den Vampirbiß waren.

Für das Opfer. Für das Blut. Für den Saft des Lebens, der für ihre weitere Existenz sorgen würden.

Sie schloß die Augen. Sie war zufrieden. Auch wenn die Dunkelheit bald weichen und dem neuen Tag Platz schaffen würde. Sie würde auch ihn annehmen, sie würde überleben, aber sie würde auf den nächsten Abend und die nächste Nacht warten. Genau das war ihre Zeit, dann erhielt sie Gelegenheit, ihren Blutdurst zu stillen. Bis dahin mußte und würde sie sich noch gedulden müssen …

Osmin Gormans Mutter stammte aus Arabien. Von ihr hatte er die dunkle Haut und auch die Farbe der Augen. Sein Vater war ein blonder Deutscher gewesen, der in Arabien von seiner Firma aus gearbeitet hatte. Von ihm stammten vielleicht die braunen Haare ab, die Osmin Gorman lang trug, sie manchmal im Nacken zusammenband, sie aber ansonsten frei wellen ließ.

Er sah gut aus, denn vom Typ her paßte er in die Kategorie Latin Lover, deren Anblick ja bei manchen Frauen prickelnde Hochgefühle verursachte.

Er wußte das, aber er nutzte es nicht im besonderen Maße aus, denn Osmin frönte eigentlich nur einer Leidenschaft, dem Theater. Außerdem war er seit drei Jahren mit Katharina verheiratet, und die war es gewohnt, ein Auge auf ihn zu halten, weil sie wußte, wie groß die Versuchungen gerade in dieser Branche waren.

Katharina und Osmin waren die Chefs der kleinen Theatertruppe. Sie hatten sie aufgebaut, sie waren unheimlich engagiert und setzten sich mit allem ein, was sie hatten.

Sie wollten groß herauskommen. Den ersten Schritt dieses langen und beschwerlichen Wegs hatten sie geschafft. Sie hatten ein kleines Theater gefunden, in dem sie ihr Stück aufführen konnten, und sie wußten schon jetzt, daß *In The Darkness* ein Erfolg werden würde. Das stand für sie einfach fest, denn es hatte sich durch Mundpropaganda und auch durch eine gezielte Werbeaktion über Plakate herumgesprochen, daß an diesem Abend ein besonderes Stück aufgeführt wurde.

Das Theater war ausverkauft. Zwar war es die Premiere und nicht die letzte Vorstellung, aber die Zeichen standen günstig. Osmin Gorman rechnete damit, daß es sich herumsprechen würde, wie gut sie waren, und später würde auch ein Direktor der großen Bühnen aufmerksam werden und ihnen sein Theater zur Verfügung stellen.

Es waren Aussichten, die eine Zukunft eigentlich rosig hätten aussehen lassen können, auch wenn sie noch in weiter Ferne lag. Daß sich Gormans Laune nicht an der Grenze zum Höhepunkt bewegte, lag erstens am miesen Wetter und zweitens am Londoner Autoverkehr. In den Straßen hatte sich wieder alles zusammengeballt, was auf vier Rädern lief, und so kam er nur im Schrittempo voran, wenn er mal wieder einen Stau an einer Ampelphase überwunden hatte.

Es war schon früher Mittag. Er hatte versprochen, Florence Turner abzuholen, die kein eigenes Fahrzeug besaß.

Schon mehrmals hatte er ihren Wohnort verflucht, der außerhalb von London lag. In einem Gebiet, in dem man früher Kohle gefördert hatte, was allerdings lange zurücklag. Von den Zechen gab es nur noch Fragmente, und die alten Häuser sahen ebenfalls ziemlich mies aus. Nicht alle Wohnungen waren belegt. Wer dort lebte, konnte sich ausrechnen, daß er die nächsten beiden Jahre raus mußte, weil das Gebiet saniert werden sollte.

Es regnete nicht mehr so stark. Aus den tiefen Wolken fiel mehr Niesel. Kleine Tropfen, die auf der Windschutzscheibe schmierten und von den Wischern weggefegt wurden.

Um sich abzulenken hatte Gorman eine Kassette des eigenen Grusicals eingelegt. So hörte er noch einmal den Text, lauschte den Melodien und war recht zufrieden. Als die Kassette abgespult war, hatte er sein Ziel auch erreicht. Zumindest die Gegend, in der Florence Turner wohnte. Ein düsteres Gebiet mit Backsteinhäusern, die recht verfallen aussahen.

Der Nissan rollte an der linken Straßenseite entlang. Er bewegte sich über holpriges Pflaster hinweg, fuhr auch hinein in Schlaglöcher, um die sich niemand kümmerte, aber das machte ihm nichts aus. Gorman war froh, endlich anhalten zu können.

Er schaute auf die Uhr und ärgerte sich, daß er sich fast um eine Stunde verspätet hatte. Er hoffte, daß der Rückweg besser klappte, und nahm sich auch vor, nicht zu lange bei Florence zu bleiben, obwohl die Blondine verdammt attraktiv war und ihm manchmal durch Blicke und Gesten zu verstehen gegeben hatte, daß sie einem kleinen Abenteuer nicht abgeneigt war.

Das wußte auch Katharina Gorman. Sie hätte Florence am liebsten persönlich abgeholt, aber sie wurde noch im Theater gebraucht. Bis zur Premiere war alles sehr hektisch, besonders die letzten Stunden vor dem großen Beginn.

Osmin Gorman stellte den Kragen seiner Lederjacke hoch, als er auf die Haustür zuging. Der Sprühregen näßte sein Gesicht, was ihn nicht weiter störte. Die Haustür konnte er aufdrücken. Das Schloß taugte nichts mehr. Er stieg die Treppe hoch und dachte daran, daß dieses Haus mehr eine leere, alte Bude war.

Wohnen wollte er hier nicht, aber Florence hatte nichts dagegen, denn diese Miete konnte sie sich leisten. Er hatte sie schon zweimal besucht, und auch jetzt gab es keinen Klingelkopf. Wer zu Florence wollte, der mußte klopfen, was Osmin auch tat.

Ziemlich laut sogar. Sehr hektisch und schnell. Sie sollte schon jetzt merken, daß er es eilig hatte.

Florence öffnete nicht.

»Scheiße!« flüsterte Osmin Gorman und versuchte es von neuem. Wütend nagte er an seiner Unterlippe, aber auch das zweite Klopfen brachte keine Reaktion.

»Wenn sie nicht da ist, unsere Verabredung vergessen hat und schon gefahren ist, reiße ich ihr den Kopf ab!« schimpfte er. In seiner Wut drückte er die Klinke herunter – und war überrascht, als sich die Tür öffnen ließ.

Osmin schob sie auf und konnte über die Schwelle treten.

Er kannte die Wohnung, die zwar groß, aber feucht war. Ein an Rheuma Leidender verschlimmerte hier seine Krankheit.

Osmin ging langsam. Drückte die Tür hinter sich zu, bevor er sich umschaute.

War sie nicht da?

Es brannte kein Licht. Zwar gab es die beiden Fenster, aber viel Licht drang nicht herein. Draußen war es einfach zu dunkel. Nur ein schwacher, grauer Schein breitete sich aus, der nicht einmal den letzten Zimmerwinkel erreichte.

Dort stand auch der Sessel, und da sah er sie doch.

Ihm fiel ihr Kopf auf. Sie lag im Sessel, und es war nichts von ihr zu hören. Wie eine Schlafende oder wie eine Tote. Der Gedanke daran ließ den Dreißigjährigen erschauern. Der echte Tod war anders als der auf der Bühne.

Auf Zehenspitzen ging er zum Sessel. Auch als er sich näherte, hörte er keine Atemzüge. Florence schien in einen regelrechten Tiefschlaf gefallen zu sein.

Neben dem Sessel blieb er stehen und wunderte sich ein zweites Mal. Florence war so gut wie ausgehfertig, denn sie trug ihren langen, dunkelblauen Wollmantel, dessen Kragen sie sogar hochgestellt hatte, so daß der Rand bis über die Ohren reichte. Der Kopf war Osmin zugewandt. Er sah, daß sie die Augen geschlossen hielt. Sie schlief also doch und war nicht tot.

Osmin überlegte, was er tun sollte. Schließlich wollte er sie nicht erschrecken. Er stieß sie leicht mit dem ausgestreckten Zeigefinger an.

Florence Turner zuckte zusammen. Sie sagte nichts, sondern öffnete nur die Augen.

Gorman lachte. »Toll, ich bin beruhigt.«

»Warum?«

»Weil ich dich schlafend vorgefunden habe und du in der letzten Nacht nicht gestorben bist.«

Ihr Lächeln sah gezwungen und zaghaft aus. »Weiß man's?« gab sie mit leiser Stimme zurück.

»Hör auf. Das Theater kommt heute abend. Hattest du vergessen, daß ich dich abholen wollte?«

»Nein, das habe ich nicht. Ich bin bereits angezogen, wie du sehen kannst.«

»Stimmt.« Er nickte. »Wir sollten auch sofort losfahren. Durch den verdammten Verkehr habe ich mich verspätet, und Katharina will noch einige Szenen durchproben.«

Florence bekam Glanz in ihre Augen. »Ja«, sagte sie mit leiser Stimme. »Das ist gut, das ist sehr gut. Blut und Sünde. Es paßt wunderbar zusammen.«

»Klar. Ich weiß zwar nicht, wie du gerade jetzt darauf kommst, aber du hast recht.«

»Bestimmt.« Sie streckte ihm die Hand entgegen. »Los, hilf mir bitte hoch.«

Osmin umfaßte die Hand und hätte sie beinahe wieder losgelassen, weil sie ihm so kalt vorkam. Nicht einfach normal kalt, er wußte nicht, wie er es bezeichnen sollte. Sie war einfach anders. Diese Kälte hatte sie sich nicht draußen geholt, die kam mehr von innen.

Als sie stand und er ihre Hand losgelassen hatte, schüttelte er den Kopf. »Was ist nur mit deiner Hand los?«

»Wie meinst du das?«

»Ja, sie ist ... ähm ... so kalt. Ungewöhnlich kalt. Da bin ich ehrlich. Das habe ich noch nie erlebt.«

»Ach vergiß es.«

»Nein, nicht.« Osmin war jetzt stur. Er beobachtete Florence prüfend und interessierte sich besonders für ihr Gesicht. »Ich will dich ja nicht kritisieren, aber du siehst meiner Ansicht nach nicht gut, sondern schon regelrecht krank aus.«

Sie hob die Schultern und zog ihren Mantel fester um den Körper.

»Bist du krank, Florence?«

»Tja, ich weiß nicht, ob man das so sagen kann. Ich ... ähm ... fühle mich nicht besonders, das stimmt schon. Weiß auch nicht, woher es kommt. Es ist aber so.«

»Kind, mach keinen Mist. Wir brauchen dich in der nächsten Zeit, und wir brauchen dich in Topform.«

Sie nickte. »Ja, ja, das weiß ich alles. Ich ... ich ... werde mich auch bemühen, aber denke nur an das verdammte Wetter. Da ist man ja nicht gesund, wenn man nicht angegrippt ist.«

Das stimmte. Und doch hatte Osmin Gorman seine Zweifel. Er fand Florence und ihr Verhalten rätselhaft. Sie hatte sich völlig verändert und wirkte dabei wie auf den Kopf gestellt. Nichts mehr war von ihrem Temperament geblieben. Sie war so ruhig, schon abweisend geworden. Osmin kam sie vor wie eine andere Person. So fremd. Er wollte weitersprechen und fand nicht die richtigen Worte.

Das melodische Klingeln des Handys befreite ihn aus der Zwickmühle. Der flache Apparat steckte in der Innentasche seiner Jacke. Mit einem sicheren Griff holte er ihn hervor und meldete sich.

Katharinas Stimme klang gehetzt und leicht ungeduldig. »Wo bist du jetzt?«

»Bei Florence.«

»Was?« rief sie laut. »Du bist noch nicht auf dem Rückweg? Verdammt, das ist doch Bockmist! Denk daran, daß wir noch eine Szene proben müssen und ...«

»Weiß ich, Kathy. Das weiß ich alles. Nur kann ich nicht gegen den Verkehr ankämpfen, sorry. Der ist dicht wie selten. Ich bin einige Male steckengeblieben und auch erst vor ein paar Minuten hier eingetroffen.«

»Wann fahrt ihr denn los?«

»Wir waren so gut wie auf dem Weg.«

»Okay, dann seht zu, daß ihr besser durchkommt.«

»Wir werden alles versuchen. Bis gleich.« Osmin wollte mit Florence sprechen, sie aber war nicht mehr am Sessel. Sie stand bereits an der Tür und wirkte dort trotz ihres dicken Mantels, der bis zu den Waden reichte, leicht verloren. Sie hielt die Augen offen, ihr Blick wirkte verträumt und war ins Leere, aber in ihr Inneres gerichtet. So genau wußte Osmin das auch nicht.

»Hast du was?«

»Ich möchte gehen!« flüsterte sie und drehte ihr Gesicht zur Seite, als er sie anschauen wollte.

Sehr dicht ging Osmin Gorman an ihr vorbei, und wiederum wunderte er sich darüber, daß sie nicht atmete oder er zumindest nichts hörte. Jemand, der erkältet war oder unter einem Grippevirus litt, der atmete normalerweise lauter.

Er wollte sie danach fragen, doch Florence kam ihm zuvor.

»Darf ich dich um etwas bitten, Osmin?«

»Klar, immer. Das weißt du doch.«

»Mir geht es um die Zeit vor dem Auftritt. Ich weiß, daß jeder von uns in der Garderobe sitzt und darauf wartet, geschminkt zu werden. Das möchte ich heute nicht.«

»Wieso nicht? Willst du ungeschminkt auf die Bühne gehen?«

»Nein, das nicht. Mir geht es nur darum, daß ich mich selbst schminken will. Ich möchte keine andere dabei haben, verstehst du?«

»Nicht direkt«, gab er lachend zu. »Aber wenn du willst, ist das schon okay. Dann hat Marsha mehr Zeit für die anderen. Sie wird sich freuen. Und ich freue mich, wenn wir jetzt von hier verschwinden und endlich losfahren können.«

»Ich habe nichts dagegen.« Florence betrat als erste den Flur, und Osmin wunderte sich laut darüber, daß sie die Tür nicht abschloß.

Von der Treppe her winkte die blonde Frau ab. »Das ist nicht nötig, wirklich nicht. Hier stiehlt niemand etwas, das kannst du mir glauben. Es ist alles okay so.«

»Ach ja, die Tür war offen, als ich kam.«

»Eben.«

Nebeneinander gingen sie nach unten.

Osmin folgte Florence, die recht staksig die Stufen hinabschritt und sich dabei gegen das Geländer drückte. Den Kopf hielt sie gesenkt. Zudem hatte sie auch den Oberkörper nach vorn gebeugt und wirkte in ihrer Haltung wie jemand, der eine schwere Last zu tragen hat.

Osmin Gorman sagte nichts, machte sich allerdings seine Gedanken und hoffte für sich und alle anderen Mitwirkenden des Stücks, daß Florence am Abend wieder fit war.

Vor der Haustür blieb sie leicht schwankend stehen. Sie schaute zum grauen Himmel und zog ihre Schultern wieder hoch. Es ließ darauf schließen, daß sie noch immer fror.

Osmins Sorgen wurden nicht geringer. Er hielt sich jedoch mit einem weiteren Kommentar zurück.

Der Wagen parkte an der gegenüberliegenden Straßenseite. Bevor die beiden losgingen, ließen sie einen einsamen Radfahrer passieren, dann setzten sie sich mit raschen Schritten in Bewegung. Diesmal ging Osmin vor. Florence folgte ihm langsamer, und er schloß für sie die Wagentür an der Beifahrerseite auf.

»Setz dich mal rein. Ich mache die Heizung an, dann wird es dir bestimmt bald besser gehen.«

»Ja, gut.«

Sie stieg ein.

Den Mantel ließ sie geschlossen und zog, als sie saß, den Kragen noch höher, als wollte sie ihr Gesicht dazwischen verstecken.

Auch Osmin stieg ein. Er sagte nichts, obwohl ihn viele Fragen quälten. Nur eine Bemerkung konnte er sich nicht verkneifen. »Wenn es dir später auch noch schlecht geht, werde ich Katharina bitten, dir einen Tee zu kochen.«

»Danke.«

Er tätschelte ihre Hand – und zog seine Finger sofort wieder zurück, denn noch immer war die Haut so kalt wie zuvor. An ihrer Körpertemperatur hatte sich nichts verändert, obwohl sie mittlerweile den wärmenden Mantel schon länger trug.

»Fieber hast du aber nicht.«

Florence zuckte nur die Achseln.

»Dann wäre deine Haut warm oder sogar heiß, wenn du verstehst.«

»Kann sein.«

Sie waren schon angefahren. Osmins Gedanken drehten sich wieder um Florence. »Hör mal zu. Wenn es wirklich nicht mehr geht, dann mußt du den Auftritt absagen. Die Rolle kannst du dann nicht durchstehen, meine ich. Wir müssen dann eine andere Lösung finden. Vielleicht kann eine der Tänzerinnen deinen Part übernehmen.«

Florence Turner lachte so laut auf, daß sich Osmin

darüber wunderte. »He, was ist daran so lustig? Ich meine es ernst, darauf kannst du dich verlassen.«

»Sorry, Osmin, aber ich meine es ebenfalls ernst. Keine Sorge, ich werde spielen, da mag kommen, was will. Aber jetzt möchte ich, daß du mir einen Gefallen tust.«

»Klar, welchen denn?«

»Sei bitte ruhig, denn ich möchte etwas schlafen. Ich bin plötzlich so müde.«

»Kein Problem. Hauptsache, du wirst wieder gesund.«

»Ich bin gesund«, erwiderte Florence. Aber so leise, daß er es nicht hörte. Dann drückte sie ihren Kopf nach links, bis er die Scheibe an der Innenseite berührte. Sie öffnete den Mund und strich mit der linken Daumenkuppe über ihre obere Zahnreihe hinweg.

Die beiden neuen Zähne waren zu spüren.

Besser als noch vor Stunden.

Länger und spitzer.

Zähne, die jetzt darauf warteten, sich in den Hals eines Menschen zu schlagen . . .

Ich hatte mich ›fein‹ gemacht, trug ein schwarzes Jackett, eine dunkelgraue Hose und ein etwas helleres Hemd mit einer sehr dezenten Krawatte, fast im gleichen Ton.

Glenda Perkins hatte mich nach einer langen Quälerei dazu gebracht, die Klamotten zu kaufen. Grau war in diesem Jahr die Modefarbe, und da hatten sich die Modetypen eben nach der Stimmung gerichtet, die am Ende dieses Milleniums herrschte. Wenn schon grau und krank aussehende Models über den *catwalk* liefen, dann wollte man in der Mode eben nicht nachstehen und verließ sich auf diesen Ton des Grau in Grau.

Ich vermißte irgendwie meine Lederjacke. Dafür hatte ich den Mantel über den Arm gehängt. Da es regnete und ich nicht wußte, ob ich in der Nähe des Theaters einen Parkplatz fand, wollte ich mir das neue Outfit nicht naßregnen lassen.

Suko und Shao wußten nichts davon. Ich hatte auch vor, zum Fahrstuhl zu schleichen, als just in diesem Augenblick die Wohnungstür der beiden aufgezogen wurde und sie wie bestellt auf der Bildfläche erschienen.

»Wow!« sagte Shao, denn sie hatte mich zuerst entdeckt. »Das ist ja ein Hammer!«

»Was bitte?«

»Dein Outfit.«

Ich sagte nichts und grinste nur.

Suko, der die Tür abgeschlossen hatte, drehte sich um, sah mich, bekam große Augen und pfiff durch die Zähne.

»Nee, John, bist du das tatsächlich?«

»Es ist nicht mein Geist.«

»Sieht aber fast so aus. Wer hat dir denn die Klamotten angedreht? Willst du Dressman werden?«

»Erst nach meiner Pensionierung. Aber alle fünf Jahre kaufe ich eben was Neues.«

Shao stieß ihren Partner an. »Das bringt mich auf eine Idee. Wir könnten auch mal schauen. Am besten direkt übermorgen abend, da . . .«

»Nein!« rief Suko, »nur keinen Anzug und auch keine Krawatte. Ich will mich nicht verkleiden.«

Shao knuffte ihn in die Seite. »Abwarten, mein Lieber.«

Ich konnte mir das schadenfrohe Grinsen nicht verkneifen, das auch noch auf meinem Mund lag, als wir gemeinsam den Aufzug betreten hatten.

»Wo wollt ihr eigentlich hin?« fragte ich.

»Zu einem Geburtstag«, erklärte Shao. »Eine Freundin aus dem Computerkurs damals wird dreißig. Sie hat alle aus dem Kurs eingeladen, und jeder darf seinen Partner mitbringen.«

»Ach wie nett«, sagte ich und beobachtete dabei Suko, der zur Wand schaute und die Augen heftig verdrehte. Dieser Abend würde ihm richtig ›Spaß‹ machen.

»Etwas Abwechslung kann nicht schaden«, meinte Shao. »Immer nur im Haus herumhängen, bringt nichts. Du bleibst schließlich auch nicht in deiner Bude hocken.«

Ich stichelte weiter und sagte: »Ihr hättet auch mit uns ins Theater gehen können.«

»Ja, zum Beispiel«, sagte Suko.

Shao reckte ihr Kinn vor. »Von wegen. Ausgerechnet noch in ein Grusical. Da habe ich keinen Bedarf. Ich bin mit jemand zusammen, der Grusel genug hat. In der Freizeit brauche ich das nicht auch noch zu haben.«

Der Lift hatte mittlerweile in der Tiefgarage gehalten. Wir schlenderten zu den Autos, und wieder ließ ich nicht locker. »Was sagst du denn zu Shaos Bemerkung? Sie hörte sich an, als hätte Sheila Conolly sie gegen uns aufgestachelt.«

»Ich habe nichts zu sagen«, erklärte er grinsend.

Shao tippte mir in die Rippen. »Und du hältst dich

da raus, John. Würdest du mit einer Partnerin zusammenleben, dann hätte ich dich mal sehen und hören mögen.«

»Das weiß ich alles. Und deshalb bleibe ich lieber Junggeselle.« Lässig winkte ich ihnen zu und schloß die Tür zu meinem Rover auf. »Jedenfalls wünsche ich euch was.«

»Danke, dito.« Shao verschwand im BMW. Suko blieb noch für einen Moment neben dem Auto stehen und zuckte mit den Schultern. Eine Geste, die zeigte, daß er resigniert hatte. Sehr ernst war es nicht. Er war froh, mit Shao eine gute Partnerin gefunden zu haben, die vor allen Dingen seinen Beruf akzeptierte, inklusive das häufige Wegbleiben.

Ich ließ die beiden zuerst fahren und klemmte mich hinter das Heck des Flitzers. Auf der einen Seite war ich froh, daß dieser Abend nicht langweilig verlaufen würde. Es herrschte tatsächlich ein Wetter, das auf die Stimmung drückte. Grau in grau, die Dunkelheit, der leichte Sprühregen, da machte es auch keinen Spaß, in einer Stadt wie London zu leben, die so viel Abwechslung bot. War das Wetter mies, schlug es sich zumeist auf die Stimmung der Menschen nieder.

Ich hatte mit Jane Collins und Sarah verabredet, daß ich bei ihnen vorbeikam. Wir wollten dann mit einem Taxi zum Ziel fahren, um nach der Vorstellung im Foyer noch etwas trinken zu können. Da brauchte ich mich auch nicht so zurückzuhalten.

Ich fand einen Sender, der Musical-Melodien spielte, und stimmte mich so auf den Abend ein. In dem Stück, das wir heute sahen, wurde gesungen, getanzt, und das alles garniert mit einer gruseligen und unheimlichen Handlung.

Ich war gespannt. Der Regen rieselte. Die Umgebung außerhalb des Wagens verschwamm in einem dunklen Grau, das auch von den Reklamen und anderen Lichtern nicht besonders stark aufgehellt wurde.

Die Horror-Oma lebte in Mayfair, einem sehr distinguierten Wohnviertel der Millionenstadt. Dort standen noch die alten Häuser aus der Jahrhundertwende. Jugendstil. Auch viktorianische Bauweise. Hin und wieder ein Bau aus der Tudorzeit, das alles fand sich in diesem Stadtteil, in dem die Mieten nicht eben preiswert waren.

Das Haus, in dem Sarah Goldwyn lebte, gehörte ihr. Finanziell ging es ihr gut. Sie war mehrfache Witwe, aber ihre Ehegatten waren alle eines natürlichen Todes gestorben und hatten ihr immer ein kleines Erbe hinterlassen. Das hatte sich im Laufe der Zeit vermehrt und war so viel geworden, daß Sarah das Geld gar nicht allein ausgeben konnte. Sie gehörte zu den Menschen, die viel und auch gezielt spendeten, jedoch nicht groß darüber redeten.

Ich fuhr durch London, ließ mir Zeit und erlebte trotz des schlechten Wetters so gut wie keinen Stau auf der Strecke. Das Glück blieb mir auch weiterhin treu, denn nahe des Hauses, in dem Sarah und Jane wohnten, fand ich einen Parkplatz. Den Rover ließ ich zwischen zwei Bäumen stehen, deren Blätter allmählich eine andere Färbung erhielten. In zwei Wochen würden sie in den bunten Farben des Herbstes leuchten und abfallen.

Über der Haustür brannte Licht. Wie immer mußte ich durch den Vorgarten gehen, und wie so oft wurde ich bereits erwartet. Jane hatte mich wohl gesehen und stand in der offenen Tür. Den Mantel hatte ich übergestreift, doch er verdeckte mein anderes Outfit nicht, da ich ihn nicht geschlossen hatte.

Jane schaute mich an, wie ich aus dem Dunkel allmählich ins Helle trat. Dabei ging sie schrittweise zurück, um mir den nötigen Platz zu schaffen, doch sie schaute nicht auf mein Gesicht, sondern auf meinen Körper. »Habe ich was an mir?« fragte ich.

»Nein, ich glaub's nicht. Ich kann es einfach nicht glauben.« Sie drückte den Kopf zurück und lachte. »Das ist der Hammer des Monats! Das kann ich nicht fassen.«

»Was denn?«

»Na ja, deine Klamotten.«

Aus dem Hintergrund hörte ich die Stimme der Horror-Oma. »Ist unser seltener Gast endlich eingetroffen?«

»Und wie er hier ist!« rief Jane.

»Wieso?«

»Das mußt du dir anschauen.«

Lady Sarah kam, sah und staunte. »Ach nein, Mr. Sinclair, wie sehen Sie denn aus?«

»Gefalle ich euch nicht?«

»Doch, doch!« rief Sarah. »Du bist ja ein richtiger Gentleman. Das ist mir neu.«

»Mir auch.«

Jane stand dicht bei mir und schlug die Mantelschöße zur Seite. »Topmodisch. Alle Achtung. Wer hat dir denn geholfen, dich so einzukleiden?«

»Das habe ich selbst bezahlt.«

»Klar. Und wer hat dich beraten?«

»Ich mich selbst.«

»Bestimmt Glenda Perkins«, sagte Sarah.

»Sie hat mir die Richtung gewiesen«, gab ich zu.

»Geschmack hat sie ja.«

»Bin ich overdressed?«

»Nein, nein, auf keinen Fall!« Beide sprachen zugleich. »Für uns ist es schon so etwas wie eine Ehre, mit dir zusammen sein zu dürfen. Alle Achtung.«

Jane war nicht so elegant gekleidet, aber auch sie trug eine neue Jacke in Grau. Darunter einen hellen Pullover und eine schwarze Samthose. Lady Sarah hatte sich für ein himbeerrotes Kleid entschieden und natürlich auch ihre Ketten nicht vergessen, die vierreihig übereinanderhingen. Sie war es auch, die das Taxi rief.

Jedenfalls war mir die Überraschung gelungen. Darauf hatte ich letztendlich auch gesetzt. Zu beeilen brauchten wir uns nicht, ich war früh genug gekommen, und Jane trank noch einen Schluck Kaffee. Ich half der Horror-Oma in den Mantel und fragte dabei: »Sag mal, wessen Idee ist das genau gewesen, daß wir heute ins Theater gehen?«

»Da war ich die treibende Kraft.«

»Das habe ich mir gedacht. Und wie bist du dazu gekommen?«

Sie zuckte die Achseln. »Ganz einfach, John. Ich habe darüber gelesen. Eine Anzeige in der Zeitung. Das Grusical wurde als besonderes Spektakel einer jungen Künstlertruppe angekündigt, die etwas Besonderes bieten will. Nicht mehr und nicht weniger. Aber gerade die knappe Ankündigung hat mich neugierig gemacht. Außerdem fällt der Inhalt des Stücks in unseren Bereich.«

»Das stimmt schon. Aber ich habe Feierabend.«

»Er sei dir gegönnt. Ist auch nur Spiel, was da abläuft.«

»Meinst du?«

Sie schaute mich überrascht an. »Ha, du hast mal wieder Hintergedanken, wie?«

»Nein, auf keinen Fall. Ich denke nur an gewisse Erfahrungen, die ich gesammelt habe. Wenn ich mich an den Broadway in New York erinnere . . .«

»Ja, die Sache mit Dr. Horror. Du hast davon berichtet.«

»Stimmt.« Ich bewunderte Sarahs Gedächtnis.

»War ja spannend.« Sie hob die Schultern. »Leider werden wir heute wohl nicht das Glück haben, in einen derartigen Fall hineinzugeraten. Hätte mich gefreut.«

Jane Collins war zu uns gekommen und schüttelte den Kopf. »Was du immer hast, Sarah.«

»Wieso? Ich will das Leben spannend haben.«

»Kannst du ja. Aber heute gönnen wir uns mal ein Vergnügen, bei dem die anderen für den Horror sorgen.«

Ich hatte die Haustür geöffnet und sah, wie ein Wagen näherfuhr. Das bestellte Taxi war eingetroffen, und ich machte die beiden Frauen darauf aufmerksam.

Jane war es, die die Haustür abschloß. Ich ging mit der Horror-Oma schon vor. Sie hatte sich bei mir eingehakt und meinte: »Irgendwie verspüre ich so ein Prickeln, wenn du verstehst?«

»Nein, das verstehe ich nicht.«

Sie knuffte mich mit dem Ellbogen. »Hör auf, John, natürlich weißt du Bescheid. Du kennst uns doch und auch unser Faible für gewisse Dinge. Wir rutschen immer in einen Fall hinein.«

»Auch heute?«

»Keine Ahnung.«

»Aber dein Prickeln . . .«, sagte ich.

»Eben, mein Junge. Das ist es. Ich glaube, daß es sich verstärken wird.« Sie atmete tief durch. »Und dann werden wir ja sehen . . .«

Osmin Gorman war mit Florence bis zur Rückseite des kleinen Theaters gefahren, wo es genügend freie Stellen gab, um parken zu können. Es war dunkel in dieser Gegend. Nieselregen fiel noch immer und durchkreuzte auch den Schein der zwei einsamen Bogenlampen, die an der Rückseite des Hauses hingen. Wenn der Regen das Licht traf, verwandelten sich seine Tropfen in kleine Diamantsplitter, die sich wieder verdunkelten, sobald sie den Schein verlassen hatten.

Gorman stieg zuerst aus. Erst als er die Tür zugeschlagen hatte, kletterte Florence aus dem Fahrzeug. Sie bewegte sich wie eine alte Frau, das sah Gorman genau, und er war bestimmt nicht froh darüber. Die Fahrt über hatte er sich nur wundern können, denn Florence war seiner Meinung nach zu einer anderen Person geworden. Sie hatte nichts mehr mit der jungen Frau gemein, die er kannte. Sie wirkte müde und abgeschlafft. Zudem war sie mundfaul und hatte auf Fragen kaum geantwortet. Die Augen hatte sie geschlossen gehalten, ebenso ihren Mund, und sie hatte wie eine Tote im Auto gesessen. Selbst ihr Atmen hatte er kaum vernommen. Sie war einfach nur still gewesen.

Jetzt stand sie vor dem Fahrzeug, und ihre gebückte Haltung veränderte sich. Florence richtete sich auf.

Durch ihr Gestalt ging ein regelrechter Ruck. Sie hatte wieder Energie tanken können und schaute sich um.

Gorman ging zu ihr. »Geht es dir wieder besser?«

»Ich denke schon.«

»Wunderbar. Und es bleibt dabei, daß du zuerst in die Garderobe gehst und dich dort umziehst, aber allein bleiben willst?«

»Das hat sich nicht geändert.«

»Was soll ich Katharina sagen?«

»Daß sie mich in Ruhe lassen soll.«

»Kommst du denn zur Bühne?«

»Sicher. Im Kostüm. Keine Sorge, Osmin, ihr werdet mit mir zufrieden sein.« Sie ließ ihn stehen und ging geradewegs auf die hintere Tür des Gebäudes zu. Es war ein breiter Eingang. Das mußte so sein, denn durch ihn wurden auch die Kulissen geschleppt. Sie zog die Tür auf, sah das Licht, hörte Musik, auch Stimmen – eine Atmosphäre, in der sie sich als Vampir durchaus wohl fühlen konnte.

Wenig Helligkeit. Nur das nötigste Licht. Staub flirrte durch die Luft. Scheinwerfer klemmten auf dem Schnürboden der Bühne und schickten ihre langen Strahlen schräg in die Tiefe, aber nicht hier in den Hintergrund hinein.

Der Weg zu den Garderoben führte nach links. Osmin wollte zu seiner Frau. Er mußte nach rechts gehen und stellte noch eine Frage. »Wann ungefähr können wir dich erwarten? Es ist nicht mehr viel Zeit. Fünfzig Minuten bis zum Beginn.«

»Das reicht aus. Ich bin in einer halben Stunde spätestens bei euch.«

»Okay, wir verlassen uns darauf.«

Er ließ Florence stehen, die so lange wartete, bis er

nicht mehr zu sehen war. Dann erst machte sie sich auf den Weg zu den Garderoben. Er führte sie hinter der Bühne entlang, deren Rückseite durch Vorhänge und breite Tücher abgedeckt war.

Niemand kam ihr entgegen. Alle Mitwirkenden hielten sich auf der Bühne auf, um noch letzte Vorbereitungen für den großen Auftritt zu treffen. Alle waren nervös, und das wäre sie auch gewesen, wenn man sie noch als normalen Menschen hätte bezeichnen können. Das war sie nicht. Sie gehörte jetzt zu den Geschöpfen der Nacht, die darauf aus waren, das Blut anderer zu trinken. Die Gier hatte sich während der Fahrt verstärkt. Sie brauchte Nahrung, frische Nahrung. Sie wollte trinken, schlucken, saugen, denn sie mußte stark werden, um für die anderen Aufgaben gerüstet zu sein.

Obwohl sie noch keinen Saft der Menschen getrunken hatte, fühlte sie sich besser als auf der Fahrt. Es war einfach das Wissen, daß es bald soweit sein würde, und auf ihrem Gesicht zeichnete sich ein dünnes Lächeln ab.

Den Flur kannte sie. Es gab zwar Licht, aber das störte sie nicht besonders. Draußen war es dunkel, und die Finsternis des Abends schickte bereits ihre Kraft, die auch Mauern durchdrang, so daß sich Florence fast locker bewegte.

Vor der Garderobe blieb sie stehen. Sie brauchte keine Sorgen zu haben, daß der Raum von anderen Akteuren besetzt war. Um diese Zeit waren alle schon fertig. Marsha, die als Friseuse und Visagistin fungierte, hielt sich ebenfalls auf der Bühne auf, um hier und da noch etwas nachzuschminken.

Leise öffnete die Blutsaugerin die Tür.

Es war dunkel. Wunderbar. Sie ging den ersten Schritt. Dann machte sie doch Licht, aber sie schaltete nur die Deckenleuchte an und nicht die schmalen Lampen, die rechts und links der Spiegel hingen. Es gab fünf davon, die dicht beieinander lagen. Darunter befand sich der lange Tisch, der auch in eine Küchenzeile gepaßt hätte, und vor den Spiegeln standen die Hocker.

Sie alle waren leer.

Florence Turner ging zu ihrem Platz. Es war der letzte an der rechten Seite. Direkt neben ihr hing der Bügel an der Wand. An ihm fand sie auch ihr Kostüm.

Sie schaute in den Spiegel – und sah nichts!

Trotzdem lächelte sie, als könnte sie ihr Gesicht sehen. Dann zog sie sich aus und selbst den Slip schleuderte sie weg. Nackt stand sie hinter dem Hocker. Sie hätte sich gern gesehen, das war nicht möglich. Trotzdem wußte sie, daß sie noch immer gut aussah. So gut wie ein Mensch. Ihr Körper war noch immer so glatt, perfekt. Mit den hochangesetzten Brüsten, die keine Stütze nötig hatten. Vielleicht waren die Oberschenkel ein wenig zu ausladend, das machte ihr jedoch nichts aus, denn auch ihre Freunde hatten die Figur so gemocht, wie sie war.

Mit den Händen strich sie über ihren Körper hinweg und zeichnete jede Kurve nach. Es war kein Tropfen Schweiß vorhanden. Sie fror auch nicht, obwohl es in der Garderobe ziemlich kühl war. Das alles hatte sie zurückgelassen. Nur äußerlich war diese schöne junge Frau ein Mensch. Im Innern sah es anders aus. Da gehorchte sie den uralten Gesetzen und auch ihrem Meister.

Nackt setzte sie sich hin. Zwar gab der Spiegel

nichts von ihr wieder, doch sie schaute hinein und griff zur Schminke. Das Gesicht malte sie sich bleich an. Schließlich sollte sie aussehen wie eine lebende Tote. Als ihr der Gedanke kam, mußte sie kichern, denn auf der Bühne würde sie keine lebende Tote spielen, sie war selbst eine. Ein weißes Gesicht, blasse Brauen, aber ein Mund, dessen Lippen durch ein kräftiges Rot nachgezeichnet wurden. Er sollte die Wirkung einer exakt gemalten Wunde vermitteln, und das ›Blut‹ verteilte Florence sogar auf ihrem Gesicht. Sie tupfte es in die Nähe der Augen, die zusätzlich noch einen dunklen Rand und Schimmer erhielten. Florence hoffte, daß ihr Make-up in Ordnung ging. Wenn nicht, war es auch nicht tragisch. Das Stück würde sowieso ganz anders ablaufen, als es im Drehbuch vorgeschrieben war.

Zum Schluß beschäftigte sich Florence mit ihren Fingernägeln. Dazu benötigte sie zwei Farben. Zum einen ein dunkles, sehr blutig wirkendes Rot, zum anderen eine Farbe, die etwas ins Lila oder Violette hineinging.

Sehr sorgfältig malte sie ihre Nägel an und lächelte dabei verzerrt. Der Anblick des roten Farbtons hatte in ihr Assoziationen geweckt, die sich zwangsläufig mit dem Blut der Menschen beschäftigten, mit ihrer Nahrung also.

Sie pustete über die Nägel hinweg und brachte noch die Geduld auf, sie trocknen zu lassen.

Erst dann kümmerte sie sich um ihr Kostüm, das auf zwei Bügeln hing.

Sie spielte eine Tote, aber eine besondere. Kein schlichtes Leichenhemd, wie es vielleicht üblich gewesen wäre. Nein, ihr Outfit paßte sich schon dem Stück an. Sie war eben eine besondere lebende Tote. Ein Super-Zombie. Einerseits schön und verdammt erotisch, andererseits tödlich.

Nicht nur im Stück, auch in der Realität. Das würden bald einige zu spüren bekommen.

Zuerst griff sie nach den Strümpfen. Sie waren schneeweiß und dünn. Sie endeten an den Oberschenkeln und mußten mit Strapsen gehalten werden, die an der ebenfalls weißen Korsage befestigt waren. Sie schlüpfte in den Slip, der sich wie ein Hauch auf ihre Haut schmiegte, und griff nach der Korsage. Zum Glück besaß sie nicht die zahlreichen Haken und Ösen an der Rückseite, sondern nur drei Klammern, die Florence selbst schließen konnte, weil sie einigermaßen gelenkig war.

Alles war top. Abgesehen von zwei Kleinigkeiten. Sie mußte sich noch mit den Haaren beschäftigen. Sie kämmte sie hoch. Damit sie so hielten und struppig aussahen, sprayte sie die Haare an. Jetzt würden sie ihre Form halten.

Der letzte Griff galt dem Umhang. Er stellte so etwas wie ein Leichenhemd da. Der Stoff war hauchdünn und durchsichtig, so daß ihr Körper bewundert werden konnte. Unter dem Hals band sie die Bänder zusammen und war fertig. Nur in die hochhackigen, weißen Schuhe mußte sie noch hineinschlüpfen. Auch das war kein Problem.

Wäre sie normal gewesen, so hätte sie jetzt einen letzten prüfenden Blick in den Spiegel werfen müssen. Bei ihr brachte das nichts, und so verließ sie sich auf ihre Schminkkunst.

Fertig.

Sie strich noch einmal das Kostüm zurecht und

dachte daran, daß sie recht schnell fertig geworden war. Jetzt konnte sie zur Bühne gehen.

Sie drehte sich um – und sah, daß sich in diesem Augenblick die Tür öffnete. Sehr vorsichtig, wie von einer Person, die sich nicht so recht traute, den Raum zu betreten.

Florence Turner ging zur Seite, dann nach vorn und sorgte dafür, daß sie in den toten Winkel kam.

Eine Frau betrat die Garderobe. Es war Marsha, die Visagistin. Im Gegensatz zu den Akteuren wirkte sie bieder mit ihrem weißen Kittel, der ihre Rundungen kaum vertuschen konnte. Sie war klein, das blonde Haar trug sie kurz geschnitten, und ihr Gesicht erinnerte an das eines weiblichen Gartenzwergs. Daß sie mit Schminke, Puder, Creme und Schere so perfekt umgehen konnte, sah man ihr nicht an.

Marsha schaute sich um und mußte den Kopf erst nach links drehen, um Florence zu sehen.

»Da bist du.«

»Sicher.«

»Du bist ja schon fertig.«

»Wundert dich das? Hast du gedacht, ich könnte mich nicht allein schminken?«

»Nein, nein, das nicht, auf keinen Fall. Katharina meinte nur, daß ich nach dir schauen sollte. Eigentlich wollte sie selbst kommen, aber ich habe sie davon abhalten können.«

»Warum denn?«

»Sie steht unter Streß – ehrlich. Ich weiß nicht, ob etwas schiefgelaufen ist, aber in ihrem Zustand wollte ich sie nicht zu dir kommen lassen.« Marsha lächelte lieb, wie sie es immer tat, doch das sah Florence jetzt anders.

Diese Frau war für sie keine Freundin oder Kollegin mehr, sondern nur ein Opfer.

Das erste in der langen Reihe, denn in ihren Adern floß der Saft, den Florence brauchte.

Marsha kam auf sie zu. Sie lächelte, doch das Lächeln verschwand schon sehr bald. Unsicherheit trat in ihren Blick. Sie blieb stehen und schüttelte den Kopf.

»Hast du was, Marsha?«

»Sorry, ich weiß es nicht so genau.«

»Raus damit!«

Sie gab die Antwort auf ihre Weise und drehte den Kopf nach links, um in die Spiegel zu schauen. Ihre Gestalt malte sich darin ab, nicht aber die von Florence.

Marsha fing an zu stottern, während ihr Gesicht rot anlief. »Wie ... wieso ist das nicht ... ich meine, du bist nicht zu sehen. Ich aber schon. Wir hätten doch beide ...«

»Manchmal nicht.«

Marsha wußte nicht, was sie mit dieser Antwort anfangen sollte. Noch immer schaute sie auf den Spiegel, in dem sie nur ihre Gestalt entdeckte. Deshalb sah sie auch nicht, daß Florence so leise wie möglich von der Seite her auf sie zuging. Erst als sie Marsha fast erreicht hatte, wurde diese aufmerksam.

Sie drehte den Kopf. Sie schaute Florence an, die schon ihren Mund geöffnet hatte. Zwei spitze Zähne schauten hervor. Der Blick war gnadenlos, und Marsha ging in diesem Moment ein Licht auf. Diese Person vor ihr hatte sich nicht verkleidet und sich auch kein falsches Gebiß eingesetzt.

Die war echt!

Marsha öffnete den Mund. »N ... ein ...«

»Doch!« sagte Florence nur und tat, was sie tun mußte ...

Das Theater nannte sich schlicht nur FACTORY. Fabrik also, und es sah tatsächlich aus wie eine Fabrik. Außen als auch innen. Es war dunkel, fast schwarz und lag in einer Gegend, die zu einem Kulturzentrum für Nachwuchskünstler ausgebaut werden sollte. Bisher war man noch nicht fertig geworden, nur einige der alten Hallen waren belegt und innen entsprechend umgebaut worden. Wir konnten uns auf das Gelände und auch bis dicht vor das Theater bringen lassen. An der Frontseite hing ein großes, grell bemaltes Plakat, das von vier verschiedenen Seiten angeleuchtet wurde, damit jedes Detail zur Geltung kam. Über der gemalten Szenerie schwebte der Titel.

IN THE DARKNESS!

Darunter mußte der Künstler die Bühnendekoration hinterlassen haben. Särge, die von Mönchen bewacht wurden. Hohe Kerzen, die in eisernen Ständern standen und einen schwachen Schein abgaben, der kaum die Gesichter in den hochgezogenen Kapuzen erreichte. In einem Sarg hockte eine ganz in Weiß gekleidete und sehr erotisch wirkende junge Frau, die dabei war, ins Freie zu klettern.

Im Hintergrund warteten ein Mann und eine Frau. Der Mann war dunkel angezogen, die Frau neben ihm trug ein rotes Kleid aus Latex mit einem breiten und sehr tiefen Ausschnitt. Die Haare wurden von einer breiten Haube verdeckt, die aussah wie die Flügel eines riesigen Vogels. Der Haubenstoff war dunkel wie das Gefieder einer Krähe.

Lady Sarah hatte die Rechnung beglichen. Jane und ich schauten uns das Bild an, und unsere Lippen hatten sich zu einem Lächeln gekräuselt.

»Sehr gut gemacht, John.«

»Finde ich auch«, sagte die Horror-Oma, die sich zwischen uns drängte.

»Dann gefällt es dir noch immer.«

»Klar, mein Junge. Du glaubst gar nicht, wie gespannt ich auf das alles bin.«

»Das kann ich mir vorstellen.«

»Es ist doch gut, daß man etwas für den Kulturbetrieb in dieser Stadt tut. Wenn einigen Leuten nicht die guten Ideen gekommen wären, hätte man dieses Gelände brachliegen lassen und die alten Bauten abgebrochen. So kann man hier Bühnen schaffen, Ateliers an Künstler vermieten und noch einiges mehr tun. Ich jedenfalls finde es toll. Kommt, laßt uns hineingehen.«

Sie hakte sich bei mir und Jane ein. In die Mitte genommen, fühlte sich Lady Sarah wohl.

Das Entree sah im Vergleich zur dunklen Fassade aus wie eine Lichtschleuse und wirkte wie ein zweiter Bühneneingang, in dem sich zahlreiche Akteure und Statisten aufhielten. Es waren die Besucher, die sich bereits eingefunden hatten und darauf warteten, in das Theater eingelassen zu werden.

Ich wurde in diesem Augenblick an einen bösen Fall erinnert, der mich auch in dieses Milieu hineingeführt hatte. Damals war es um den Showman gegangen, der mit menschlichen Köpfen wie mit Bällen gespielt hatte. Ich wußte noch immer nicht, ob es uns gelungen war, ihn vollständig zu vernichten.*

Lady Sarah mißfiel mein Gesichtsausdruck. »He, John, was ist mit dir?«

»Ich habe nur nachgedacht.«

»Sehr schön. Und was ist dabei herausgekommen?«

»Bis jetzt noch nichts.«

Wir waren stehengeblieben und konnten einen Blick über das Publikum werfen. Und wieder kam ich mir zu vornehm angezogen vor, aber ich hatte die Kleidung auch bewußt gewählt, um abzustechen. Die zumeist jüngeren Leute liefen in lässigen Outfits herum, wobei Schwarz bevorzugt wurde. Angeblich war sie die Kleidung der Kreativen. Ich fragte mich allerdings, wieso gerade schwarz kreativer machen sollte als rot oder blau. Hinter diese Geheimnisse würde ich wohl nie kommen.

Die Wände im Foyer waren dunkel gestrichen, wiesen allerdings ein Streifenmuster auf.

Man hatte Stehtische aufgebaut, die auch in Bistros gepaßt hätten. Es gab etwas zu trinken, aber nichts zu essen, das würde erst nach der Vorstellung aufgetischt werden.

Durch zwei Eingänge konnte der Zuschauerraum betreten werden. Zwei junge Mädchen, beide mit Kutten bekleidet, standen an den Eingängen und kontrollierten die Karten.

An der Garderobe gab ich Lady Sarahs Mantel ab und schaute mich dann nach den beiden Frauen um. Sie hielten sich am Getränke-Buffet auf, wo kostenlos Bier und Wasser ausgeschenkt wurde. Das war alles

* Siehe Sinclair-Taschenbuch 73 180: ›Showman‹

im Kartenpreis mit einbegriffen. Sekt allerdings mußte der Besucher selbst bezahlen.

Ich trank ein Bier, während sich Lady Sarah und Jane an mit Wasser gefüllten Gläsern festhielten.

»Jetzt sag mal, wie es dir gefällt, John.« Die Augen der Horror-Oma blitzten. Sie fühlte sich ungemein wohl.«

»Nicht schlecht.«

»Das ist doch passend.«

»Auch das.«

Sie lachte. »Und ich bin mal wieder die älteste unter euch jungen Hüpfern. Aber das kenne ich. Es ist wie im Kino. Da bin ich auch die Quoten-Oma.«

Wir schlenderten durch das Foyer. An den dunklen Wänden hingen Fotos, die wohl während der Proben geschossen worden waren. Sie zeigten Szenen aus dem Stück, und was der Betrachter da zu sehen bekam, sah verflixt schaurig aus. Alles war sehr düster gehalten, und das Licht auf der Bühne strahlte nur immer bestimmte Punkte und Szenen an.

Es war auch Musik zu hören. Aber nur, wenn sich der Stimmenwirrwarr etwas senkte. Man hatte sich auf alte Choräle verständigt. Diese Gesänge bildeten die schaurige Untermalung und sollten die Besucher auf das Grusical einstimmen.

Mein Glas war leer. Ich stellte es auf einem Tisch ab. Auch Sarah und Jane hatten ihre Gläser leergetrunken, und die Horror-Oma schlug vor, uns schon auf die Plätze zu setzen.

Ich schaute auf die Uhr.

Noch zehn Minuten bis zum Beginn. Das lange Stehen brachte auch nichts, und so folgten wir dem Vorschlag unserer Freundin. Jane hatte die Karten, die das junge Mädchen kontrollierte, einriß und uns einen gruseligen Abend wünschte, bevor es uns passieren ließ.

Ich fragte noch: »Kennen Sie das Stück?«

»Nein, noch nicht. Aber es ist bestimmt gut, denke ich.«

»Das hoffe ich auch.«

Der Weg führte zur Bühne hin etwas nach unten. Sarah und Jane hatten sich schon auf den Weg gemacht. Die Karten waren nicht preiswert gewesen, dementsprechend saßen wir auch. Unsere Plätze lagen in der zweiten Reihe, allerdings am Rand. In der Mitte hatte es keine drei nebeneinanderliegende Plätze mehr gegeben, wie Sarah berichtet hatte.

Mit meinen langen Beinen setzte ich mich nach außen. Neben mir nahm Sarah Platz, und die andere Grenze wurde von Jane Collins eingenommen.

Die Horror-Oma stieß mich an. »Hast du eigentlich deine Beretta mit dabei?«

»Warum sollte ich?«

»Es könnte ja etwas passieren bei dem Glück, das du immer hast. Da wäre es doch normal, eine Waffe bei sich zu tragen – oder nicht?«

»Beschwöre es nicht.«

»Hast du nun oder hast du nicht?«

»Wenn es dich beruhigt, Sarah, ich habe die Beretta mitgenommen und auch mein Kreuz.«

»Das ist gut.«

Ich drehte mich auf dem Sitz und bekam noch mit, wie die Horror-Oma zufrieden lächelte. Dieses Lächeln gefiel mir irgendwie nicht. Es kam mir so vor, als wüßte sie mehr, aber danach wollte ich sie nicht fragen und zunächst abwarten.

Allmählich füllte sich das Theater. Wir brauchten zum Glück nicht aufzustehen, die anderen Besucher schoben sich von der anderen Seite her in die Reihe hinein.

Bequem waren die Sitze nicht. Sie hätten eine Aufpolsterung vertragen können. Wahrscheinlich waren sie aus anderen Theatern ausrangiert worden und ein Geschenk an dieses Haus. Die finanziellen Mittel waren knapp, und so hoffte man, durch die Mischung aus Theater und einer gewissen Erlebnisgastronomie die recht hohen Preise zu rechtfertigen und auch später noch genügend Publikum anzulocken.

Ich blickte zur Bühne. Da war nicht viel zu sehen. Der schwarze Vorhang verdeckte alles. Darauf war eine riesige rote Fledermaus aus Glitzerstoff genäht worden, die geradewegs hineinschwebte in das Maul eines schwach angedeuteten Totenschädels aus bleichen Gebeinen.

»Die Spannung steigt, wie?« flüsterte Sarah.

»Abwarten.«

»Du meinst, daß alles nur Theater ist – oder?«

»Habe ich denn unrecht?«

Sarah schaute mich an und zwinkerte mir zu. »Ich weiß nicht, John, aber lassen wir uns überraschen.«

In diesem Augenblick ertönte ein Gong.

Das Grusical konnte beginnen ...

Es war so wunderbar. Es war so herrlich. Als hätte Florence nie etwas anderes getan, als Blut zu saugen, so hatte sie sich am Hals der Visagistin festgebissen.

Marsha war von diesem Angriff völlig überrascht worden. Florence hatte sie gepackt und nicht losgelassen. Es war ihr dann gelungen, das Opfer gegen die Wand zu drücken, und so etwas war natürlich die perfekte Ausgangsposition.

Marsha hatte nicht einmal einen Schrei ausstoßen können. Nur ein leiser Seufzer war aus ihrem Mund gedrungen, und in ihren Augen hatte sich dabei das Erschrecken festgesetzt.

Florence Turner hatte keine Mühe mit ihr. Marsha wehrte sich so gut wie nicht. Nur ein letztes Zucken, das war es dann gewesen. Aber kein Widerstand.

Wie eine Puppe lehnte die kleine rundliche Frau mit dem Rücken an der Wand. Florence hielt sie eisern fest. Sie hatte ihren Mund weit geöffnet und sich an Marshas linker Halsseite verbissen. Das fremde Blut strömte hinein in ihren Mund und war für sie das gleiche wie der Nektar für die Götter.

Sie schmeckte und genoß es. Ein süßlicher, ein wunderbarer Geschmack, der sich auf ihrer Zunge ausgebreitet hatte. Jeden Tropfen schluckte sie mit Wonne und hielt die Augen geschlossen, um noch besser genießen zu können. Nichts sollte sie mehr ablenken. Sie brauchte diese Zeit, um ihren verdammten Hunger endlich stillen zu können. Mallmanns Saat war wieder einmal aufgegangen. Florence sollte das erste Glied in einer neuen Kette von Vampiren sein, und sie gab sich diesem Genuß gern hin.

Einige Male mußte sie die Frau noch anheben um entsprechend nachbeißen zu können. Vielleicht wäre es besser gewesen, sie auf den Boden zu legen, aber es ging auch so.

Durch das Saugen entstanden schmatzende Geräusche, die der Meister auch bei Florence hinterlassen hatte. Sie gefielen ihr, sie waren wie eine wunderbare

Musik in ihren Ohren, und sie wollte den Körper bis zum letzten Blutstropfen leersaugen.

Ein letztes Mal stellte sie sich die Frau zurecht. Noch ein kurzer Nachbiß, dann war es vorbei.

Es gab kein Blut mehr im Innern der Frau. Sie war einfach leer, und Florence fühlte sich so wunderbar satt. Sie schloß die Augen, während ihr das Opfer langsam aus den Händen rutschte und einknickte, bevor es zu Boden fiel.

Florence trat zurück. Einen Schritt, dann den zweiten. Da hatte sie das Gefühl, schweben zu können. Sie fühlte sich so wunderbar leicht, wie jemand, dem Flügel an den Rücken gedrückt worden waren. Es gefiel ihr einfach, in diesem neuen Zustand die Welt zu erobern, und sie war entschlossen, ihren blutigen Weg weiterzugehen.

Marsha lag leicht gekrümmt am Boden. Sie war auf die rechte Seite gefallen, so war der Hals links deutlich zu sehen – und auch die beiden Bißstellen, die sich dort abzeichneten.

Florence hatte ihre Zähne tief in die Haut gehackt. Entsprechende Krater hatten sich dort gebildet, die an den Seiten blutverschmiert waren.

Blut klebte auch an den Lippen der Untoten. Sie wischte die Reste weg und leckte sie dann ab. Als sie dann auf ihre Korsage schaute, entdeckte sie auch dort einige Spritzer. Abwischen wollte sie das Zeug nicht. Es paßte zu ihre Bühnenverkleidung. Sie war sicher, daß noch einige folgen würden.

Es wurde Zeit für sie.

Bevor Florence ging, bückte sie sich und tätschelte die Wange der anderen Untoten. »Wir sehen uns, Schwester«, flüsterte sie. »Wir sehen uns ganz bestimmt …«

Ihr Lachen konnte sie nicht mehr halten. Es mußte einfach aus ihr heraus. Es hörte erst auf, als sie die Tür öffnete und in den Gang hinaustrat.

Florence Turner war satt und stark. Nichts erinnerte mehr an die Schwäche, die sie noch während der Fahrt zum Ziel so gezeichnet hatte. Die Zukunft sah gut aus, und Florence würde alles erfüllen, was der Meister von ihr erwartete ...

Der Aufbau stimmte.

Osmin ging über die Bühne und schaute sich die Details an. Da standen die Kerzen in den Leuchtern. Da war auch der große Sarg genau in die Mitte geschoben worden, allerdings hatte man ihn noch nicht geschlossen. Es war der Platz für Florence Turner. Sie mußte erst in ihm liegen, dann sollte der Deckel geschlossen werden, der genügend Löcher enthielt, um Florence die entsprechende Atemluft zu geben. Das Publikum sah die Bohrungen nicht. Es konnte nur gegen und nicht auf den Sarg schauen.

Der Hintergrund stimmte auch.

Die Kulissen waren als dunkles Gewölbe gemalt worden und mit einer Treppe versehen, die in die Tiefe führte. Da hatte der Maler die Perspektive sehr gut getroffen.

Katharina hielt sich noch hinter den Kulissen auf und sprach mit den anderen Akteuren. Viele waren es nicht. Zwei Mönche und zwei Tänzerinnen, die auch sangen oder nur so taten, denn die Musik kam vom Band.

Osmin hatte die Anlage überprüft, sie auch kurz laufen lassen und war sehr zufrieden damit. Ton und

Qualität stimmten. Es konnte eigentlich nichts schiefgehen.

Er selbst war auch schon kostümiert. Seine Bühnenkleidung paßte nicht in die heutige Zeit. Er erinnerte an einen Edelmann mit seinen Kniestrümpfen, der Kniehose – alles in Schwarz –, der roten Weste über dem weißen Hemd. Einen Degen trug er ebenfalls, und er würde ihn auch bühnenwirksam einsetzen. Auf dem Kopf saß ein Hut, der mit einem Federbusch verziert war. Die Kerzendochte würden sie erst kurz vor Beginn der Vorstellung anstecken. Das Licht der Scheinwerfer war so ausgerichtet worden, daß es das natürliche nicht störte.

Er verließ die Bühne durch den schmalen Ausgang an der linken Seite, wo ein Techniker noch einmal alles durchging und über ein Sprechgerät seinen beiden Mitarbeitern auf dem Schnürboden die letzten Anweisungen gab. Er drückte sich gegen sein Pult, um Osmin vorbeizulassen.

»Deine Frau ist in Form, Osmin.«

Gorman blieb stehen. »Wie meinst du das?«

»Frag sie selbst.«

»Das muß ich wohl.«

Hinter der Bühne hatten sich die Akteure versammelt. Es sah so aus, als hätte Katharina Gorman sie antreten lassen. Das Licht war nicht eben strahlend, trotzdem reichte der Schein aus, um die betretenen Gesichter sehen zu lassen.

»Was ist denn überhaupt los? Warum sehe ich nichts von Florence, verdammt?«

»Sie wird noch kommen. Bisher ist sie immer pünktlich gewesen«, erklärte Osmin.

Seine Frau fuhr herum. »Ach, da bist du ja endlich.

Kommst du von ihr? Habt ihr beide noch ein Quicky geschoben?«

Osmin winkte ab. »Hör doch mit dem blöden Gerede auf. Ich war auf der Bühne.«

»Und?«

»Da ist alles okay.«

»Nur hier nicht.«

»Es ist noch Zeit, verdammt!« zischte Osmin.

»Klar, aber ich bin nervös.« Katharina nagte an ihrer Unterlippe. »Diese Faxen hat sie sonst nicht gemacht, das weißt du selbst. Florence war immer kooperativ.«

»Kann sein, daß sie sich als Star fühlt.«

»Das soll sie mal nur lassen. Wenn jemand hier der Star ist, dann ...«

»Bist du es nicht, Kathy. Das ist unser Team.«

»Schon gut.«

Osmin blieb ruhig. Seine Frau Katharina war heute besonders schlimm. Er kannte sie ja. Vor einer Show war sie immer nervös, doch jetzt schien ihr einiges quergelaufen zu sein. Es hing auch mit Florence Turner zusammen, die noch nicht hier war.

»Soll ich Florence holen?« fragte Osmin.

»Nein, wenn, dann mache ich es.«

»Bitte.«

Katharinas Gesicht verzog sich. Sie sah aus, als wollte sie ihrem Mann jeden Augenblick an die Kehle springen. Und durch ihre Schminke wirkte sie wirklich wie eine Hexe.

Man konnte sie nicht als schlank bezeichnen. Sie brachte schon einiges auf die Waage, was bei diesem Kostüm besonders auffiel. Rotes Latex, das sich eng um ihren Körper schmiegte und am oberen Ende die Brüste nicht völlig umschloß. Zu einem Drittel quollen sie hervor. Das Gesicht der Frau war so geschminkt, daß es etwas eckig wirkte. Die Augen standen weit auseinander und hätten auch einer Katze gehören können, so schräg waren sie. Eine kleine Nase, ein breiter Mund, der durch die Schminke blutig aussah. Hinzu kam der Kopfschmuck, der auf den blonden Haaren saß.

Eine schwarze Haube in der Grundform eines Dreispitzes, der breit auf dem Kopf saß.

»Noch fünf Minuten«, sagte sie. »Ich werde langsam wirklich sauer auf unser Sweety.«

»Du kannst ja nachsehen.«

»Nicht nötig, ich bin da!«

Die Frauenstimme war aus dem Dunkel eines Gangs gekommen, und die Gormans drehten sich um.

Florence Turner, die hin und wieder auch Sweety genannt wurde, schob sich nach vorn. Sie ging nicht normal, was auch an ihrem hellen Kostüm liegen mochte, das sehr sexy aussah. Weiß und durchscheinend das stilisierte Leichenhemd, und auch die Korsage war wegen des durchsichtigen Stoffs nicht in der Lage, alles zu verbergen. Nur die Brustwarzen waren nicht zu erkennen, ansonsten lag viel frei.

Keiner der Anwesenden sagte mehr ein Wort. Selbst Katharina hatte es die Sprache verschlagen. Auch sie schaute zu, wie Florence näherkam und dabei den Kopf schüttelte. »He, was schaut ihr so komisch? Habe ich etwas an mir?«

»Nein, du siehst top aus.«

»Danke, Osmin.«

»Aber du kommst verdammt spät!« hielt Katharina ihr entgegen.

»Zu spät?«

»Gerade noch rechtzeitig.«

Florence zuckte die Achseln.

»Da mußt du dich bei Marsha beschweren. Sie war noch kurz in der Garderobe und hat mir etwas geholfen.« Sie tippte mit dem Finger gegen die Korsage nahe der Brust. »Da, schaut. Ich habe mir noch einige Blutflecken hintupfen lassen. Sieht doch stark aus. Oder was meint ihr?«

»Eigentlich hat das Kostüm gereicht«, murmelte Katharina.

»Soll ich sie abwischen?«

»Das gibt nur Schmier. Laß es jetzt.«

»Danke.« Florence ging vor und blieb neben Osmin stehen. »Was ist? Wann soll ich mich in den Sarg legen?«

»Jetzt, denke ich.«

»Okay, dann komm.«

Die beiden gingen los, und sie unterhielten sich dabei leise. »Geht es dir jetzt besser?«

»Und wie«, flüsterte Florence. »Ich kann dir sagen, daß es mir noch nie so gutgegangen ist.«

»Übertreibe mal nicht.«

»Bestimmt nicht, Osmin. Du wirst im Laufe des Abends schon merken, wie gut ich drauf bin. Diese Show wird das Publikum nicht vergessen, darauf kannst du dich verlassen.«

Er wollte dem nicht zustimmen und auch nicht ablehnen. Katharina war ihnen gefolgt. Sie trat bis an den Vorhang und schaute durch einen Schlitz in den Zuschauerraum.

»Und?«

»Es ist voll, Osmin.«

»Stark.«

»Hoffen wir, daß es in den nächsten zwanzig Vorstellungen auch so bleibt.« Sie klatschte in die Hände. »Los, Sweety, ab in den Sarg.«

»Aber gern, meine Liebe.«

»Macht dir das wirklich Spaß?«

»Sicher.« Florence lächelte Osmin zu, bevor sie in den Sarg hineinstieg. Zuerst setzte sie sich und schaute sich noch einmal um. Alle Akteure hatten sich auf der Bühne versammelt. Die beiden Tänzerinnen trugen winzige Tangas und dehnten ihre Körper, um sich fit zu machen. Die Mönche standen neben den Kerzen und warteten zunächst einmal ab. Ihr Auftritt kam später, aber im eigentlichen Stück waren sie nur bessere Statisten.

Florence winkte ihnen allen zu, bevor sie sich in den Sarg hineinlegte. Er war mit einem dünnen Polster ausgelegt worden, damit sie nicht die Härte des Holzes spüren mußte.

»Den Deckel, Osmin!«

»Gern.«

Er hob ihn an und ließ ihn über dem Sarg für einen Moment schweben. Dabei schaute er zu, daß er genau auf das Unterteil paßte und nicht erst noch hin- und hergeschoben wurde.

Er senkte ihn.

Aus dem Sarg her lächelte ihm Florence entgegen. Je mehr sich der Sargdeckel dem Unterteil näherte, um so breiter wurde das Lächeln der Florence Turner. Noch hielt sie ihre Lippen geschlossen und öffnete die erst, als nur noch ein kleiner Spalt zwischen den beiden Teilen bestand.

Osmin konnte noch in das Gesicht der Kollegin sehen.

Und er sah die Zähne!

Spitz ragten sie aus dem Oberkiefer. Es war ein Anblick, der ihn schockte. So etwas stand nicht auf dem Programm. Florence war eine Leiche, die zum Leben erweckt wurde, aber keine Blutsaugerin, ein weiblicher Vampir also.

»Los, schließ den Sarg!« zischelte Katharina. »Wir müssen noch die Dochte anzünden.«

»Ja, sofort.« Der schwere Gegenstand wäre Osmin fast aus den Händen gerutscht. Soeben faßte er nach, dann preßte er den Deckel auf das Unterteil und richtete sich auf.

Seine Frau sah ihm an, daß etwas nicht mit ihm stimmte. »He, was hast du denn jetzt?«

»Was denn?«

»Du siehst so bleich aus.«

»Ach, nichts. Der Deckel war wohl etwas schwer.«

Katharina schaute ihn an wie jemand, der kein Wort von seiner Antwort glaubte.

Osmin ließ sie stehen. Er holte die langen Zündhölzer aus der Tasche und begann, die Dochte anzuzünden. Er konnte nicht vermeiden, daß seine Hände dabei zitterten …

Das Grusical lief!

Und es war spannend, das mußte auch ich zugeben. Man hatte eine einfache Geschichte gebastelt, sie mit Gesang, Musik und tänzerischen Einlagen bestückt, aber auch der Grusel war nicht zu kurz gekommen. Die Kostüme der Schauspieler waren schon etwas Besonderes, und sie kamen durch das Wechselspiel von Licht und Schatten noch besser zur Geltung. Die große Schau zog die Hexe ab, die in einem Kleid aus rotem Latex steckte. Auf diesem Material fingen sich oft genug die Lichtfunken, und auch der Widerschein der Kerzen malte sich dort ab. So sah das Kleid bei ihren Bewegungen manchmal aus, als bestünde es aus Wasser.

Sie tanzten, sie sangen und sie sorgten dabei für eine Fortsetzung der Story, in der es um Liebe und Eifersucht ging.

Besonders um eine betrogene Frau, die sich hinterher als Hexe herausstellte und sich an ihrem Mann rächen wollte.

Sie war in der Lage, die von ihr getötete Geliebte des Mannes zu erwecken, und sie hatte ihn deshalb in ein altes Gewölbe gelockt, in dem der Sarg mit der Geliebten stand.

Zwei Mönche bewachten den gefesselten Ehegatten, der vergeblich versuchte, sich zu verteidigen.

Lady Sarah stieß mich an. »Das ist sogar hochaktuell«, flüsterte sie mir zu.

»Was meinst du damit?«

»Denk an Clinton und die Lewinsky.«

Ich winkte ab. »Das gab es schon zu allen Zeiten und wird es auch immer geben, solange die Menschen auf dieser Welt herumlaufen.«

»Stimmt auch wieder.«

Die Hexe war wütend. Sie tobte über die Bühne, begleitet von den beiden halbnackten Tänzerinnen mit ihren dunklen, kurzgeschnittenen Haaren. Die Tänzerinnen bewegten ihre Lippen und taten so, als würden sie die Refrains singen.

Es war das Lied der Rache. Das Lied des Todes. Der Song einer haßerfüllten Frau, die plötzlich eine Peitsche in der Hand hielt und damit auf den Boden und später auf den Sarg schlug.

Während dieser Zeit mußte ihr Gatte zuschauen. Er trug zwar noch seinen Degen, doch die beiden Mönche hatten ihn gefesselt und bewachten ihn außerdem.

Die Show lief gut. Um uns herum war es merklich stiller geworden. Es gab wohl keinen Zuschauer, der sich nicht von den Ereignissen auf der Bühne einfangen ließ.

Hin und wieder verließ das Licht die Bühne und rotierte über unsere Köpfe hinweg. Es strahlte auch uns an und ließ die Gesichter der Menschen wie blasse Totenfratzen wirken.

Der Soloauftritt der Hexe endete in einem furiosen Finale. Sie schrie dem untreuen Gatten ihre Racheschwüre entgegen und erklärte ihm, daß er es bald noch einmal mit seiner Geliebten treiben konnte.

Schluß mit der Musik.

Nur die Stimme der Hexe war zu hören. Sie klang böse, sehr böse sogar, während sie ihren Mann umtänzelte. »Ich werde dafür sorgen, daß sie zurückkehrt. Sie wird das Reich der Toten verlassen und zu dir als lebende Leiche kommen. Dann kannst du mit ihr deinen Spaß haben. Weißt du denn überhaupt, wie diese Zombies reagieren und was sie eigentlich von den Menschen wollen?«

»Hör auf!« schrie der Gefesselte und wand sich, aber die Mönche griffen zu und hielten ihn fest.

»Sie wollen Fleisch – Fleisch!« schrie die Hexe und streckte ihre Arme aus. Dabei spreizte sie die Finger und schloß sie in einem bestimmten Takt wieder zu Fäusten zusammen, bevor sie sie abermals streckte.

»Dein Fleisch wird sie sich holen! Sie ist eine Kannibalin wie alle Zombies. Sie wird dich zerreißen, wenn du mit ihr zusammen bist. Und darauf habe ich mich gefreut ...«

Schluß des Monologs. Wieder setzte die Musik ein. Diesmal sehr dumpf und auch wummernd. Sie kündete das unheilvolle Ereignis bereits an.

Die Hexe wandte sich mit langsamen Bewegungen dem Sarg zu. Dabei begleitete der Lichtkreis eines Scheinwerfers ihr Gesicht und ließ es nicht los. Es sah so bleich aus und schien in einer bestimmten Höhe über den Bühnenboden hinwegzugleiten.

Sie senkte den Kopf.

Der Sarg stand jetzt genau vor ihr und wirkte wie ein außergewöhnlicher Altar.

Auf der Bühne und auch im Zuschauerraum herrschte eine schon knisternde Stille. Das Geschehen hatte alle Zuschauer in seinen Bann gezogen. Selbst die Mitwirkenden sahen sehr echt aus. Wie Menschen, die alles wirklich erlebten und nicht schauspielerten.

Die Hexe bewegte sich. Zurückzutreten brauchte sie nicht, um sich hinknien zu können. Sehr langsam sank sie dabei auf die Knie. Sie legte ihre Hände nebst Unterarme auf den Sargdeckel, als wollte sie ihn umarmen. Auch den Körper beugte sie so weit vor, bis die Stirn ebenfalls das Holz des Deckels berührte.

Keine Musik, die Stille hielt an. Das meiste Licht hatte sich zurückgezogen. Nur die Hexe wurde angeleuchtet. Im Hintergrund bewegte sich der Kerzenschein im leichten Wind. Er schuf zittrige helle Flecken und auch sich bewegende Schatten.

Jetzt richtete sich die Frau wieder auf. Sehr langsam. Wie eine Priesterin, die die Macht der Götter beschwören will. Die Arme hielt sie in die Höhe gestreckt, auch die Hände. Sie wollte jemanden anbeten oder zu Hilfe rufen, der sich hoch über der Bühne verborgen hielt.

Weiterhin hörten wir keine Musik. Das Geschehen blieb einzig und allein auf die einsame Hexe konzentriert, die jetzt ihre Finger bewegte, als wollte sie etwas damit locken.

Der Donnerschlag!

Er war überlaut zu hören. Ein wummernder und zugleich peitschender Schlag. Eine Riesenpauke vibrierte unsichtbar über unseren Köpfen. Zugleich mit dem Donner entluden sich die Blitze. Es waren grüngelbe Energien, die aus dem oberen Teil der Bühne nach unten stießen und die dort hockende Hexe trafen.

Sie jagten in den Körper hinein. Sie umrundeten ihn auch. Sie leuchteten ihn an. Sie gaben ihm ein fahles, leichenhaftes Aussehen, und die Hexe wirkte dabei wie eine Figur, die aus einem Steinbruch herausgeschnitten war.

Die farbigen, gezackten Lanzen tanzten über das rote Latexkleid hinweg. Sie bohrten sich hinein, sie erwischten das Gesicht und malten es als eine fahle Fratze an.

Die Augen hielt sie weit offen, kniete aber noch immer unbeweglich vor dem Sarg. Sie nahm die Energie auf, und sehr langsam öffnete sich dann ihr Mund.

Jeder hörte den Schrei. Er war schrill und röhrend zugleich. Zudem schwang darin ein wahnsinniger Triumph mit. Die Hexe mußte ihr Ziel erreicht haben, das kündete dieser Schrei an.

Er ebbte allmählich ab. Dafür hörten wir alle wieder die Musik. Wo sich die Lautsprecher befanden, war nicht zu sehen, doch die Musik war bis in den letzten Winkel des Zuschauerraums zu hören. Diesmal mischten keine Trommeln oder Pauken mit. Es waren schrille Geigenklänge und so unmelodisch, daß sie sicherlich in den Ohren mancher Zuschauer schmerzten.

Auch uns kamen sie nicht gerade wie Musik vor. Ein wenig erinnerte dieses Schreien auch an die überschrillen Klänge aus dem Film ›Psycho‹. Sie klangen immer dann auf, wenn sich der heimtückische Killer näherte und waren vor allem eine Untermalung der Duschszene.

Im Film kündigten die Schreie Böses an. Hier war es sicherlich nicht anders. Hier würde das Böse jedoch nicht mit einem breiten Messer in der Hand herumschleichen, sondern aus dem Sarg kriechen, der noch geschlossen war.

Die Hexe lauschte der Musik wie auch die Zuschauer. Sie hatte ihren Kopf wieder gesenkt und starrte die Oberfläche des Deckels an. Ob ihre Augen offen oder geschlossen waren, konnte keiner von uns sehen, aber jeder wartete darauf, daß es weiterging.

Die Musik verlor ihre Intensität.

Sie zog sich zurück und hörte sich noch kurz vor dem endgültigen Verstummen an wie ein weit entferntes Jammern.

Wieder stieß Lady Sarah mich an. »Das war gut gemacht, John. Ich bereue es nicht, hergekommen zu sein.«

»Stimmt. Alle Achtung.«

»Die Gruppe steht erst am Anfang. Sie wird noch besser. Darauf kannst du dich verlassen.«

»Du kennst dich aber aus.«

Sogar im Dunkeln sah ich, daß sie lächelte. »Man muß eben seine Augen überall haben.«

Mir ging allmählich ein Licht auf. »Jetzt sag nicht, daß du sie alle persönlich kennst.«

»Nur die drei Hauptdarsteller.«

»Aha.« Da Lady Sarah nichts sagte und nur die Augenbrauen einige Male hob und wieder senkte, stellte ich flüsternd die nächste Frage: »Das ist doch nicht alles – oder?«

»N . . . nein . . . ist es nicht.«

»Und was kommt da noch?«

»Ich habe sie etwas gesponsert, damit die Show hier auf die Bühne gehen konnte. Ich finde, daß es zwar Musicals gibt, aber zu wenige Grusicals. Du kennst mein Faible für das Grauen. Na ja, und das wollte ich eben ändern. Ist doch toll, nicht?«

»Jedem sein Hobby.«

Die Horror-Oma streckte den linken Zeigefinger nach vorn, um meine Aufmerksamkeit wieder auf die Bühne zu lenken, denn dort ging das Geschehen weiter.

»Nach der Pause wird es dann richtig spannend«, sagte sie noch. Danach war sie still.

Die Hexe hatte wieder die Initiative übernommen. Sie strich mit den Händen über den Sargdeckel hinweg. Sie kicherte so laut und unheimlich, daß einige Zuschauer sicherlich eine Gänsehaut bekamen. Da sie die Finger leicht angewinkelt hatte, hörten wir sogar das Kratzen der Nägel auf dem Holz.

Sie drehte den Kopf um und senkte ihr Ohr auf den Deckel. Wieder holte der Lichtkreis nur sie und einen Teil des Sarges aus dem Dunkel hervor. Das Kichern verstummte, die Haltung veränderte sich nicht. Dafür begann die Hexe zu sprechen. »Sie ist wach! Ja, sie ist wach. Ich . . . ich . . . kann sie hören. Sie kratzt. Sie will raus. Sie hält es nicht mehr aus. Die Magie der Unterwelt hat sie geweckt, und sie wird wieder zu ihrem Geliebten hinwollen. *In the Darkness* ist für sie nicht nur die Dunkelheit, sondern auch das Licht. Blut und Sünde werden zusammenkommen und sich ebenso zu einem Kreis schließen wie das Diesseits mit dem Jenseits . . .« Plötzlich sprang die Hexe hoch, ging einen Schritt zurück, streckte dem Sarg den rechten Arm entgegen und rief mit lauter, beinahe überkippender Stimme: »Ich befehle dir, den Sarg zu verlassen, Florence Turner. Los, steig aus der Unterwelt hinein in das Leben . . .!«

Jedes Wort war von jedem Zuschauer verstanden worden, mochte er auch noch so weit von der Bühne entfernt sitzen. Und es gab keinen, der nicht gespannt darauf war, was nun passieren würde.

Es lag auf der Hand. Überraschungen würde es nicht geben. Und doch war es spannend und unheimlich, denn alles kam wirklich nur darauf an, wie es in Szene gesetzt wurde.

Alle Blicke richteten sich auf die Hexe, die jetzt zurücktrat und den Sarg allein ließ. Für sie war nichts mehr zu tun, sie hatte ihre Pflicht erfüllt, jetzt sollten andere Mächte oder Kräfte den Reigen fortführen.

Ihr Gatte wurde noch immer von den Mönchen bewacht. Die drei Männer und auch die beiden Tänzerinnen waren in diesen Momenten nur Statisten, die erst später wieder eingriffen.

Ich schaute nach links an Sarah Goldwyn vorbei und stellte fest, daß Jane Collins nicht entspannt auf ihrem Platz saß. Wie einige andere, so hatte auch sie sich vorgebeugt und beobachtete fasziniert, aber auch nachdenklich das Geschehen.

Sie mußte meine Bewegung mitbekommen haben, denn sie drehte plötzlich den Kopf.

»Und?« flüsterte ich.

»Keine Ahnung, John. Etwas ist nicht ganz koscher.«

»Was meinst du?«

Jane deutete ein Anheben der Schultern an. »Ich kann es dir nicht genau sagen. Es ist ausschließlich ein Gefühl. Ich spüre da etwas, das einfach nicht so recht passen will.«

»Hängt es mit der Hexe zusammen?«

»Kann auch sein. Möglich . . .«

»He, haltet eure Mäuler!« Hinter uns beschwerte sich jemand. Im Prinzip hatte er recht. Wir sprachen nicht mehr. Ich nahm auch wieder die normale Sitzhaltung ein, doch mir gingen Janes Worte nicht aus dem Kopf. Ich überlegte, was sie damit gemeint haben konnte.

Es gab bei ihr eine Zeit, da war sie eine Hexe gewesen.

Das lag zwar zurück, doch es war in ihr noch etwas zurückgeblieben. Latente Hexenkräfte, die bei ihr auch für eine starke Sensibilisierung gesorgt hatten. Wenn Jane irgendwelche Stimmungen aufnahm und darüber nachdachte, war das nicht an den Haaren herbeigezogen.

Der Kreis des Scheinwerfers blieb auf den Sarg beschränkt. Sein Licht gab dem dunklen Holz einen hellen Glanz. Er schaffte es jedoch nicht, die schaurige Atmosphäre abzuschwächen, die sich um den Sarg gebildet hatte. So etwas erlebte man nicht nur auf der

Bühne, sondern auch bei einem Blick in das Schaufenster eines Sargladens.

Es passierte etwas.

Jeder im Theater hörte das laute Kratzen. Es war einfach zu laut, um echt zu sein. Man wußte, daß es das Kratzen der Gefangenen im Sarg war, die es nicht mehr länger aushalten konnte und endlich herauswollte. Aus den Lautsprechern drangen auch noch andere Geräusche. Da stöhnte und knirschte jemand. Sogar ein leises Lachen war zu vernehmen. Es deutete an, daß die lebende Leiche sich auf dem Weg befand, den sie unbedingt gehen mußte.

Sie wollte raus, und sie kam raus!

Nicht sehr schnell, sondern genau getimt. Alles mußte hier einfach passen. Von innen her wurde der Deckel in die Höhe gedrückt. Wieder von den knarrenden und knirschenden Lauten begleitet. Ober- und Unterteil der Totenkiste schabten übereinander, und der Sargdeckel drehte sich noch in der Bewegung.

Es war wirklich faszinierend gemacht. Das Kichern der ›Toten‹ hörten wir ebenfalls, und der Deckel bewegte sich auf dem Unterteil so weiter, daß er schließlich in seiner Breite darauf lag. Rechts von ihm, zum Oberteil hin, war der geschaffene Raum groß genug zum Aussteigen für die Person.

Sie kam.

Natürlich machte sie es spannend. Es war alles perfekt einstudiert. Sie kroch hervor und zeigte zunächst ihre Hände, die bleich und mit langen Nägeln versehen aus dem unteren Teil erschienen. Sie umfaßten die Kante, um den nötigen Halt zu geben, damit sich die Gestalt vollends aus der Totenkiste schieben konnte.

Sie stand auf.

Die Geliebte des Edelmannes kam, um als lebende Leiche mit ihrem Freund zusammen sein zu können. So schrieb es die Dramaturgie vor.

Wieder hörten wir Musik. Diesmal leise. Sie hielt sich im Hintergrund. Mit ihren dumpfen Klängen allerdings paßte sie haargenau. Auch die Untote bewegte sich nach der Musik. Sie drückte sich höher, sie stand jetzt und hob ein Bein an, um über den Rand der Totenkiste zu steigen, damit sie davor stehenbleiben konnte.

Sie war zu sehen, und dieses Kostüm ließ wohl kaum einen Zuschauer kalt. Sehr hell, sehr weiß, was wohl ein Leichenhemd andeuten sollte, umschwang es ihren Körper, der trotz der Kleidung mehr aus- als angezogen wirkte. Jeder sah die Korsage, die hellen Strümpfe, die von Strapsen gehalten wurden. Es gab nicht viel, was der Körper verdeckte oder verbarg. Der größte Teil der Korsage war durchsichtig. Es konnte auch am Licht liegen, das sich exakt auf diese Gestalt konzentrierte.

Bleich geschminkt. Etwas Blut klebte trotzdem an ihrer Kleidung und auch im Gesicht. Alles wirkte sehr echt und auch schaurig. Aber wir mußten auch zugeben, daß wir es hier mit einer ›schönen‹ Leiche zu tun hatten.

Sie ging einmal um den leeren Sarg herum, bis sie dann davor stehenblieb. Er befand sich jetzt hinter ihr. Die Untote selbst schaute in das Publikum hinein.

Ich mußte zugeben, daß die Schauspielerin ihre Sache sehr gut rüberbrachte. Da paßte jede Bewegung, denn ich kannte mich bei echten lebenden Leichen aus. Wir hatten es oft genug mit diesen verdammten Zombies zu tun bekommen und wußten deshalb auch, wie sie sich bewegten, um sich in ihrer neuen Lage zurechtzufinden.

Noch immer blieb sie stehen. Der Blick ins Publikum. Die Bewegung des Kopfes. Mal nach links, dann wieder nach rechts. Danach begann alles von vorn.

Sehr langsam wirkte es. Wie einstudiert. Sie schien sich jede Person anschauen zu wollen.

Aus den hinteren Reihen ertönten Pfiffe. Eine Männerstimme rief: »Verdammt, mit so einer schönen Leiche könnte ich mal …«

Andere lachten.

Die Musik steigerte sich. Dumpfer Trommelklang, der sich allerdings noch im Hintergrund hielt – und in den hinein der überlaute Schrei gellte.

Die lebende Leiche hatte ihn aufgestoßen und gleichzeitig ihr Maul weit aufgerissen. Da sie im Kegel des Scheinwerferlichts stand, war sie überdeutlich zu sehen.

Der Mund, der weit offenstand, so daß auch die Zahnreihen hervorschimmerten.

Zähne, die …

Moment mal, was war das?

Im Stück war von einem weiblichen Zombie die Rede gewesen. Das traf bei Florence nicht zu.

Sie war kein Zombie.

Sie war ein Vampir!

Und sie sah verdammt echt aus.

Da fiel der Vorhang zur Pause!

Für eine Weile blieb es ruhig. Nichts hörten wir. Die Zuschauer mußten sich erst erholen. Dann jedoch brandete der Beifall auf, die Pfiffe, das Trampeln. All dies vermischte sich zu einem einzigen Orkan, der der Bühne entgegenschwappte, deren Vorhang allerdings geschlossen war und es auch blieb. Keiner der Schauspieler trat vor ihn, um den Beifall entgegenzunehmen. Das würde erst am Ende des Stücks passieren.

Die Zuschauer merkten es mittlerweile. Der große Beifall klang ab. Die ersten gingen bereits ins Foyer, um ihren Durst zu löschen. Dazu hatten sie eine halbe Stunde Zeit. Erst dann ging es weiter.

Wir standen weit vorn und wollten uns auch nicht zusammen mit der Masse nach draußen drängen, sondern erst einmal abwarten, bis sich die Reihen gelichtet hatten.

Auch ich war aufgestanden und aus der Reihe herausgetreten. Mit dem Rücken lehnte ich an der Wand. Sarah und Jane kamen auf mich zu.

Lady Sarah nickte anerkennend. Der Horror-Oma hatte es gut gefallen, das war ihr anzusehen. Sie strahlte sogar. Ganz im Gegensatz zu Jane Collins, die sehr nachdenklich wirkte und ihre Stirn gerunzelt hatte.

Etwas war ihr aufgefallen, und auch ich wirkte eher nachdenklich als begeistert.

»Na, John, was sagst du? Hat es dir gefallen?« Sarah Goldwyn funkelte mich an. »Das war doch super – oder?«

»Ja, eine fast perfekte Schau.«

»Und die Truppe steht erst am Beginn. Da können sich die Leute noch entwickeln. Ich bin sicher, daß sie von Auftritt zu Auftritt besser werden.«

»Kanntest du denn das Drehbuch?« fragte ich.

»Klar.«

»Ich will kein Korinthenkacker sein, Sarah, doch wenn mich nicht alles täuscht, ist diese Geliebte des Edelmanns ein weiblicher Zombie gewesen.«

»Genau.«

»Aber das war sie nicht.«

Sarah gab mir recht. »Sie war ein Vampir. Ich muß dir sagen, daß ich mich darüber nicht großartig gewundert habe. Ob Zombie oder Vampir, John. Letztendlich sind sie Untote. Da gibt es nur graduelle Unterschiede, meine ich. Oder wie denkst du darüber, Jane?«

»Ich habe mich auch gewundert.«

»Nur weil sie ein Vampir war?«

»Ja. Zudem hat diese Frau eine wirklich reife schauspielerische Leistung gebracht.« Jane hatte es mit einem bestimmten Unterton in der Stimme gesagt, der zumindest mich aufhorchen ließ. Sie sprach auch weiter. »Die war gut, und nicht nur das. Sie war sogar so gut, daß sie echt wirkte.«

Wir sagten nichts. Bis auf Lady Sarah, die kurz Luft holte. »Moment mal, Jane, du willst doch nicht sagen, daß wir es hier mit einem echten Vampir zu tun haben?«

»Nein, das will ich damit nicht unbedingt sagen. Ausschließen kann ich es aber auch nicht.«

»Wie kommst du denn darauf?«

Sie hob die Schultern.

»Ich habe etwas gespürt, da bin ich ehrlich. Es war wie eine Botschaft, die mich erreichte. Urplötzlich habe ich sie empfangen. Als ich auf diese Person schaute, da war mir klar, daß sie sich nicht verkleidet und sich auch kein Vampirgebiß in den Mund gesteckt hat.«

»Bist du sicher?«

»Nicht hundertprozentig. Ganz ausschließen kann ich es auch nicht. Da bin ich ehrlich.«

Die Horror-Oma war schon ein wenig konsterniert, was bei ihr selten vorkam. Normalerweise wäre sie auf so etwas sofort angesprungen, in diesem Fall allerdings hielt sie sich zurück. Sie hatte auch die Stirn gerunzelt, schaute zu Boden und nagte nachdenklich an ihrer Unterlippe. Schließlich wandte sie sich an mich. »Was sagst du denn genau dazu, John? Ich höre hier nur allgemeine Dinge, aber nichts Konkretes.«

»Ich halte mich vorerst heraus und bin auf den zweiten Teil der Show gespannt.«

»Du willst also warten?«

»Ja, warum nicht?«

Sarah zuckte mit den Schultern. »Ich dachte, daß wir gemeinsam hinter die Bühne gehen und nachschauen, ob sich der Verdacht bestätigt. Ich bin eine Person, die nicht weggeschickt werden würde, denn als Sponsor kann ich mir das erlauben.«

Der Vorschlag war zwar akzeptabel, nur wollte ich nicht die Pferde scheu machen. »Das sind ja alles nur Theorien oder Vorstellungen, die in unserer Phantasie entstanden. Ich meine deshalb, daß wir uns noch etwas Zeit geben. Wir gehen in die Pause, trinken einen Schluck und schauen uns dann die zweite Hälfte an.«

Jane erklärte sich einverstanden.

Die Horror-Oma auch. Allerdings erklärte sie noch, daß sie sich die Akteure genauer anschauen wollte, um herauszufinden, ob sich der Verdacht bestätigt.

»Ich weiß ja, wie es weitergeht. Diese Hexe zwingt die Geliebte dazu, sich wieder an ihren Mann zu hängen, um letztendlich selbst einzugreifen.«

»Wie geschieht das genau?« wollte Jane wissen.

»Sie tötet beide und triumphiert. Sollte Florence Turner allerdings ein weiblicher Vampir sein, was ich noch immer nicht glauben kann, wird der Inhalt sich verändern, denke ich. Es ist doch gut, daß du eine Waffe mitgenommen hast.«

Ich beruhigte meine Senior-Freundin. »Mal langsam, Sarah. Das ist nichts als ein Verdacht. Wir sollten uns nicht darauf versteifen. Außerdem ist eine Blutsaugerin dramaturgisch viel interessanter als ein weiblicher Zombie. Finde ich zumindest.«

Da gaben mir die beiden Frauen recht.

Wir drehten uns den Ausgängen zu. Inzwischen hatte sich der Saal bis auf drei Personen geleert. Das waren wir. Alle anderen hielten sich im Foyer auf, wo sie mit Getränken versorgt wurden. Wir hörten die Stimmen wie ein nie abreißendes Brausen. Es gab sicherlich keinen Zuschauer, dem es nicht gefallen hatte.

Wir ließen Sarah vorgehen, die sich auf ihren Stock stützte. Hin und wieder nahm sie ihn mit, obwohl sie ihn im Prinzip nicht benötigte, wie sie uns öfter zu verstehen gab.

»Gespannt?« fragte Jane leise.

»Noch immer.«

»Ich auch.«

Wir waren erst zwei, drei Meter weit gekommen, als etwas passierte, mit dem wir nicht gerechnet hatten.

Wir hörten den Schrei.

Nicht gespielt, verdammt echt.

Und er war nicht im Foyer aufgeklungen, sondern hinter uns. Auch hinter dem Vorhang, auf der Bühne …

Marsha war erwacht!

Sie hatte die Augen geöffnet. Sie lag auf dem Boden, fühlte sich schwach und ausgelaugt und wußte einfach nicht, wie sie in diese Lage geraten war.

Sie blinzelte.

Ihr Blick war verschwommen. Der Fußboden der Garderobe war mit einfachem Linoleum bedeckt, das gut und gern einen Wachs hätte vertragen können, denn der Boden war an den meisten Stellen ziemlich stumpf.

Sie blieb liegen. Sie wartete. Sie versuchte zu denken und sich zu erinnern, doch die Flut der Gedanken wollte einfach nicht kommen. Irgendwo gab es eine Blockade, und genau das bereitete ihr Sorgen.

Auf die Beine. Marsha blieb in ihrer Haltung, als sie sich vorwärts bewegte und nun über den Boden hinwegkroch. Sie kam bis zu den Stühlen und blieb dort liegen.

Marsha stöhnte. Sie fühlte sich nicht erschöpft. Es war etwas anderes in ihr. Einfach nur schwer. Ja, sie kam sich doppelt so schwer vor wie sonst. Man schien ihren Körper gefüllt zu haben. Es war für sie auch nicht einfach, einen Arm anzuheben, um den Rand der Sitzfläche vor ihr zu umklammern.

Sie wollte den Stuhl als Stütze benutzen. Er war der einzige, der hier stand. Ansonsten gab es nur die Hocker. Es war Pech, daß er mit Rollen ausgestattet war, und so schob sie ihn vor, ohne sich an ihm abstützen zu können.

Marsha keuchte. In den Augen spürte sie ein Brennen. Zudem tuckerte etwas in ihrem Kopf, mit dem sie ebenfalls nicht zurechtkam. Aber mit verstreichender Zeit ging es ihr besser. So etwas wie Kraft kehrte wieder in ihren Körper zurück. Sie wollte aufstehen. Sie mußte etwas tun, denn zugleich spürte sie einen bestimmten Drang. Das war der Hunger. Er trieb sie an, doch es war ein bestimmter Hunger. Sie stellte sich vor, wie es war, wenn sie das aus einer Wunde sprudelnde Blut eines Menschen trank ...

Ein krächzendes Lachen drang aus ihrem offenen Mund. Der Gedanke an das Blut hatte ihr wieder neuen Mut gegeben. Jetzt konnte sie endlich weitermachen und brachte es sogar fertig, sich hinzuknien. Es war leichter gegangen, als sie es sich vorgestellt hatte.

Jetzt kicherte sie. Mit der Zunge leckte sie über ihre trockenen Lippen hinweg. Dabei berührte sie auch die Zähne und merkte, daß in der oberen Reihe etwas nicht stimmte.

Zwei von ihnen hatten sich verändert. Sie waren länger und auch spitz geworden.

Die Erkenntnis verursachte bei ihr nicht die Spur eines Schocks. Nur der Gedanke, daß sie jetzt zu einer anderen geworden war, setzte sich tief in ihr fest.

Zusätzlich nahm der Hunger zu ...

Blut!

Dieses eine so wichtige Worte formierte sich in ihrem Kopf. Sie wollte Blut trinken. Nichts anders, nur Blut!

Der Gedanke machte sie munter. Zwar waren die

Bewegungen noch etwas steif, doch sie schaffte es schon beim ersten Versuch, auf die Beine zu kommen. Dabei konnte sie sich an der Kante des Schminktisches abstützen und sich aufrichten.

Spiegel hing neben Spiegel.

Sie hätte sich sehen müssen – aber sie sah nichts. Keine einzige Fläche gab ihr Spiegelbild zurück.

Jetzt wußte Marsha endgültig Bescheid. Sie war kein normaler Mensch mehr, sondern ein Geschöpf der Finsternis – ein weiblicher Vampir ...

Zunächst tat Marsha nichts. Vor den Spiegeln blieb sie stehen, die Hände auf den Garderobentisch gestützt. Dabei bewegte sie den Kopf von rechts nach links. Sie schaute immer wieder hin, denn sie wollte sich selbst sehen und wußte letztendlich doch, daß es nicht möglich war. Einfach eine Farce. Als Blutsaugerin war man anderen Regeln unterworfen. Die mußte Marsha akzeptieren.

Das Menschliche war nicht ganz verschwunden. Zwar brauchte sie nicht mehr zu atmen wie ein normaler Mensch, aber bei ihr kehrte das Erinnerungsvermögen zurück. Und das wiederum drehte sich um eine bestimmte Person.

Sie dachte daran, daß sie Florence Turner in der Garderobe allein getroffen hatte. Trotz des ausdrücklichen Wunsches, den Raum nicht zu betreten, war sie hineingegangen, und da war diese schicksalhafte Begegnung nicht ausgeblieben.

Sie erinnerte sich an die Umarmung der schönen Florence und auch daran, wie sie ihre Zähne in die linke Halsseite geschlagen hatte. Von da an war alles anders gewesen. Da hatte Marsha ihr Menschsein intervallweise verloren.

Jetzt handelte sie nur nach den uralten Gesetzen der Vampire. Sie fand all das positiv, was dazu gehörte. So wollte sie nicht unbedingt in der Helligkeit stehen. Das Licht störte sie schon, auch wenn es nicht von der Sonne abgestrahlt wurde. Marsha liebte die Dunkelheit. Die Nacht war ihre Freundin, ebenso wie sie vom kalten Licht des Mondes beflügelt wurde.

Marsha drehte sich vom Spiegel weg und ging die ersten Schritte. Zwar nicht so locker und sicher wie in ihrer ersten Existenz, aber sie kam damit zurecht. Das war es letztendlich, was zählte, und so fand sie ihren Weg zur Tür.

Bei jedem Auftreten hörte sie das leise Echo. Den Mund hielt sie nicht geschlossen, weil sie die Spannung spürte, die sich der oberen Zahnreihe bemächtigt hatte.

Die Zähne wuchsen weiter. Sie würden länger werden und auch noch spitzer.

An der Tür blieb sie nicht stehen. Noch in der Bewegung zog Marsha sie auf und ging sofort über die Schwelle hinweg hinein in den Gang, der in trübes Licht getaucht vor ihr lag.

Sie wollte Blut.

Sie wollte Menschen.

Aber sie wollte auch nicht auffallen.

In ihrem Kopf befand sich ein Raster. Marsha arbeitete lange genug mit der Truppe zusammen und auch in diesem Theater, um sich bestens auszukennen. Sie wußte auch, daß es nicht gut war, wenn sie die Bühne betrat, denn dort hielten sich die Schauspieler auf. Das Stück lief noch, aber es würde bald Pause sein.

Dann kamen sie in die Garderoben, um sich auszuruhen.

Es gab noch einen Weg. Allerdings war der etwas unbequem und führte in die Höhe. Hinauf in den Schnürboden. Er war der Arbeitsplatz für die Beleuchter und Bühnenarbeiter.

Sie blieben auch während der Pause dort.

Marsha lächelte und drehte sich nach rechts. Jetzt war ihr Ziel fest und klar ...

Der Schrei war echt gewesen. Der gehörte nicht zum Grusical. Das wußten Sarah, Jane und ich, auch ohne daß wir uns extra verständigen mußten.

Lady Sarah starrte auf den geschlossenen Vorhang und flüsterte uns zu: »Allmählich glaube ich auch, daß ihr recht habt. Mit dieser Florence stimmt was nicht.«

»Es muß nicht sein«, wiegelte ich ab, »aber ...«

Jane ließ mich nicht ausreden. »Was soll das Aber, John? Es ist am besten, wenn wir nachschauen.«

»Finde ich auch!« stimmte Sarah zu.

»Ohne dich!«

»Nein, Jane, ich gehe mit. Drauf bestehe ich sogar. Ihr seid den Leuten dort fremd. Mich aber kennt man. Deshalb kann ich euch einige Brücken bauen.«

Wir kannten die Horror-Oma. Wenn sie sich einmal etwas in den Kopf gesetzt hatte, war sie nicht davon abzubringen. Ich dachte noch einmal an den Schrei. Er war von einer Frau abgegeben worden. Vielleicht von der Hexe? Oder den beiden Tänzerinnen?

Es brachte nichts, wenn wir zu lange warteten. So übernahm ich die Führung. Die Beretta mit den geweihten Silberkugeln im Magazin trug ich ebenso bei mir wie das Kreuz. Beides waren Waffen, die Vampire und auch andere Schwarzblütler für immer vernichten konnten. Noch war es nicht sicher, ob wir es mit einer Blutsaugerin zu tun bekamen. Ausschließen wollte ich es jedoch nicht.

Ich übernahm die Führung. Von den Seiten her war die Bühne zu betreten. Über kleine Treppen mit nur wenigen Stufen. Ein Geländer gab es auch. An dem hielt sich Lady Sarah fest. Ich hörte auch das Auftacken ihrer Stockspitze gegen das Holz.

Der Vorhang war dicht wie eine weiche Wand und auch bis zu den Seiten hin zugezogen. Ich schob mich über den dunklen Bühnenboden daran entlang und roch sogar den Staub, der sich im Stoff eingenistet hatte. Dann lag das Ende vor mir. Ich umfaßte es mit der linken Hand und schob den schweren Stoff etwas zurück.

Mir war der erste Blick auf die Bühne gegönnt.

Sie war menschenleer, aber sie war nicht finster, auch wenn die Scheinwerfer nicht mehr strahlten. Die Kerzen gaben ebenfalls kein Licht mehr ab, man hatte sie schon vorher gelöscht, was kaum aufgefallen war, dafür fiel der Schein einer Notbeleuchtung nach unten und erreichte soeben den Bühnenboden.

Jane war hinter mir. »Und? Was siehst du?« wisperte sie.

»Nicht viel.«

Ich machte Platz, so daß mir die beiden Frauen folgen konnten. Der kalte Rauch der erloschenen Flammen hatte sich hier noch gehalten. Er kitzelte unsere Nasen. Wir nahmen auch den Staubgeruch und den der Schminke wahr.

Ich war rasch vorgegangen und hatte den Sarg erreicht, neben dem ich stehenblieb.

Ein Blick nach unten.

Das Ding war leer.

Niemand hielt sich darin versteckt. Es wäre auch zu schön gewesen, um wahr zu sein. Die Frage, die mich beschäftigte, stellte Sarah Goldwyn. »Wohin können sie sich nur zurückgezogen haben?«

Ich fragte sie: »Wie gut kennst du dich hier aus?«

»Nicht besonders. Ich war einige Male hier. Durchsucht wie ein Polizist habe ich die Umgebung nicht. Das mußt du mir schon glauben.«

»Klar, das denke ich auch.«

»Es gibt doch Garderoben«, flüsterte Jane.

Sarah drehte sich. »Die sind rechts von hier. Da müssen wir einen Gang hinter der Bühne nehmen.«

»Dann los«, sagte ich nur ...

Der Vorhang war gefallen, und das im wahrsten Sinne des Wortes. Von oben nach unten war er in die Tiefe gerauscht und mit seinem Rand auf den Bühnenboden geklatscht. Er war dunkel, faltig, er war weich, und er wirkte trotzdem so dicht wie eine Mauer.

Die Schauspieler entspannten sich. Osmin Gorman zerrte an seinen Fesseln, die so leicht um die Gelenke geschlungen waren, daß er sie leicht selbst abstreifen konnte.

Von außen her hörten sie den Beifall, das Trampeln und das Pfeifen. »Es war super!« rief Gorman. »Verdammt noch mal, das hat allen gefallen. Was meinst du, Kathy?«

Katharina Gorman gab keine Antwort. Sie hatte sich

etwas abseits aufgestellt und schaue zu Florence Turner hin, die auf dem Sargrand saß und den Kopf schüttelte. Dabei lachte sie leise, was allerdings unterging.

Die beiden Mönche und die Tänzerinnen zogen sich zurück. Vom Schnürboden her waren die Stimmen der Techniker zu hören. Auch die Bühnenarbeiter waren angetan vom Beifall des Publikums.

Der Inspizient verließ seine Gasse und huschte quer über die Bühne. Dabei warf er den Schauspielern Kußhände zu und rief immer wieder den gleichen Satz. »Das wird ein Erfolg! Das weiß ich! Das wird alles super! Ich freue mich schon auf die nächsten Vorstellungen. Jetzt brauche ich was Flüssiges.«

Niemand hielt ihn zurück, aber Osmin Gorman wunderte sich schon über das Verhalten seiner Frau. Er ging auf sie zu, umfaßte ihre nackte Schulter und schüttelte sie. »He, kannst du nicht antworten?«

»Laß mich los – bitte.«

»Ja, ist schon okay.«

Katharinas Augen funkelten, als sie ihren Mann anschaute.

»Da stimmt etwas nicht, Osmin.«

Gorman begriff es nicht. »Wieso? Was soll denn nicht stimmen?«

»Du brauchst nur an das Stück zu denken.«

»Das tue ich.«

»Unsinn, dann wäre dir schon etwas aufgefallen. Du hast geschlafen, Osmin.«

»Dann sag mir, was los ist, verdammt.«

Katharina Gorman streckte den Arm aus und drehte sich. Dann deutete sie auf Florence Turner. »Sie ist unser Problem, Osmin.«

Erst wollte er lachen, dann ließ er es bleiben. »Auch wenn du anderer Meinung sein solltest, ich fand sie echt geil.«

»Moment.« Katharina winkte ab. »So habe ich das auch nicht gemeint. Florence war gut, keine Frage. Vielleicht sogar zu gut, mein Lieber.«

»Ich verstehe nur Bahnhof.«

»Dann will ich dich mal aufklären«, sagte sie leise. »Sie war auch in ihrer anderen Rolle gut, Osmin.«

»Hä?«

»Bist du denn blöd? Als was hätte sie aus dem Sarg steigen sollen? Als was?«

Er zuckte die Achseln. »Nun ja, als Untote. Als eine lebende Leiche.«

»Sehr gut, bravo. Nächste Frage. Und als was ist sie aus der Kiste geklettert? Hast du das gesehen?«

»Ja, sie kam als Vampir.«

»Eben, als Vampir!« Katharina sprach jetzt schnell. »Sie hat die Dramaturgie geändert. Das war nicht abgesprochen. Wir haben mit Vampiren nichts im Sinn hier in diesem Grusical. Aber sie kam als Blutsaugerin. Und das will mir nicht in den Kopf.«

»Ist es denn so entscheidend, als was sie zurückkehrt?« Er lachte leise. »Auch Vampirinnen können sexy sein, wenn sie so aussehen wie Florence.«

»Klar, ich weiß ja, daß du scharf auf sie bist. Nur ist das jetzt egal. Hier geht es um andere Dinge. Du kennst mich, Osmin, und du weißt, daß ich nicht zu den ängstlichen Frauen gehöre.«

»O ja ...«

Sie ging nicht auf die Bemerkung ein und sprach weiter. »Die hat nicht nur geschauspielert, Osmin«, flüsterte Katharina. »So kann man nicht schauspielern. Die war echt, sage ich dir. Die war so verdammt echt, mein Lieber.«

Osmin war geschockt. Er sagte zunächst einmal nichts. Die Worte seiner Frau hatten ihm die Sprache verschlagen. »Hör mal, ich habe dir ja im Laufe unserer Ehe viel geglaubt, aber das hier schlägt wohl alles. Das ist doch irre. Es gibt keine Vampire. Zumindest nicht im wahren Leben und auch nicht in einem Grusical.«

»Bist du sicher?« Die Frage hatte lauernd geklungen.

»Und ob!«

»Okay, dann gehen wir jetzt zu Florence und machen die Probe aufs Exempel.«

Osmin wußte, daß er daran nicht vorbeikam. Drücken war nicht drin, deshalb nickte er. »Einverstanden, wir gehen hin. Wir werden sie fragen, und sie wird uns eine Antwort geben.«

Katharina hielt ihn noch zurück. »Zunächst schauen wir sie uns nur an, Osmin.«

»Klar, meinetwegen auch das.« Er gab sich nicht mehr so sicher wie noch vor einer halben Minute. Die Worte seiner Frau hatten ihn schon beunruhigt, doch das wollte er offen nicht zeigen.

»Sei vorsichtig«, hörte er noch ihre letzte Warnung. Doch darum kümmerte sich Osmin nicht.

Florence Turner hockte auf dem Sarg. Sie nahm keine Notiz von den beiden anderen. Zwischen ihr und ihnen hatte eine gewisse Distanz bestanden, die nun verkürzt wurde. So konnten Katharina und Osmin hören, daß Florence nicht still war.

Sprach sie zu sich selbst?

Nein, das war etwas anders. Aus ihrem Mund drangen andere Laute. Röchelnde Geräusche. Vermischt mit einem leisen Knurren. Das alles war für einen Menschen schon ungewöhnlich. Auf dem kurzen Weg zu ihr erinnerte sich Osmin auch daran, wie seltsam sie auf der Fahrt zum Theater und auch schon zuvor in der Wohnung reagiert hatte. Da war sie eine ganz andere Person gewesen, schon fremd, und auch hier machte sie den Eindruck, sogar noch verstärkt.

Er blieb vor ihr stehen. Katharina wartete im Hintergrund. In ihrem roten Latexkleid wirkte sie wie eine Blutsäule. Sie sah zudem aus, als wäre sie auf dem Sprung.

»He, he, Florence, was ist mit dir? Das war doch alles super. Du sitzt hier wie jemand, der nicht daran beteiligt war. Im Gegenteil, du warst die Beste.«

Florence hob langsam den Kopf. Osmin faszinierte diese Bewegung so sehr, daß er nicht weitersprach, sondern sie einfach nur anstarrte.

Trotz des schlechten Lichts sah er sie nach dem Fallen des Vorhangs zum erstenmal aus der Nähe.

Ja, da war das bleiche Gesicht. Die hellen Augen, die trotzdem düster wirkten. Der schmale Mund, geschminkt in einem kräftigen Rot, das schon die Farbe des Blutes angenommen hatte. Der Mund stand halb offen. Zwischen den Lippen schimmerte etwas Gelbes.

Osmin runzelte die Stirn. Katharina hatte recht. Mit Florence stimmte etwas nicht. Sie war tatsächlich zu einer anderen Person geworden. Er schob es auf ihre Rolle, die nicht einfach war. Sicherlich hatte sie sich seelisch zu sehr darin hineingekniet, so daß sie jetzt einfach noch weiterspielen mußte und nicht abschalten konnte. Er sprach sie wieder an.

»Warum sagst du denn nichts?«

Florence verdrehte die Augen und schaute zu ihm hoch.

Verdammt, dieser Blick! Osmin schüttelte sich. Er konnte ihn einfach nicht ertragen. So hatte ihn Florence nie zuvor angeschaut. Das war einfach nicht zu fassen. Ihr Blick hatte sich völlig verändert. Der gehörte nicht zu ihr. Dieser Blick war ...

Er drehte den Kopf. Katharina stand nahe bei ihm. Auch ihr war die Veränderung der Kollegin und Freundin aufgefallen. Sie hielt sogar die Hand in Herzhöhe auf die Brust.

»Sie ist anders ...«

Kathy nickte nur.

»Ich verstehe das nicht, aber ich ...« Er kam nicht mehr dazu, den Satz zu vollenden, denn jetzt reagierte Florence.

Sie schien zu explodieren und war innerhalb einer Sekunde von Null auf Hundert. Osmin Gorman sah nur noch einen weißen Schatten, der vor ihm in die Höhe schnellte, und einen Augenblick später wurde er von zwei Händen gepackt, die ihn nach vorn zerrten, hin zu Florence.

Für einen winzigen Moment erschien ihr geschminktes Gesicht überdeutlich vor seinen Augen. Er konnte es sehen, es gab überhaupt keine Chance, auszuweichen, und so bekam er auch diese verdammte Veränderung mit.

Florence hatte den Mund weit aufgerissen, und wie zwei leicht gekrümmte Messerspitzen stachen die beiden Zähne aus dem Oberkiefer hervor. Sie saßen fest, sie waren mit den anderen Teilen des Gebisses verwachsen. Das waren keine Zähne, die man in einem entsprechenden Geschäft für Scherzartikel kaufen konnte.

Diese Dinge schossen Osmin durch den Kopf, und er riß in einer Reflexbewegung seinen Arm hoch, so daß die Zähne nicht seine linke Halsseite erwischten. Statt dessen hackten sie in seinen Arm hinein. Der wiederum wurde durch den Stoff des Kostüms geschützt, so daß die Zähne kein Unheil anrichten konnten.

Aber sie ließ ihn nicht los. Sie hatte sich an Osmin festgekrallt. Das Blut war wichtig. Sie wollte es trinken. Sicher nicht alles, weil sie schon satt war, aber sie kannte den Auftrag ihres Meisters. So viele Diener wie möglich ihm zuzuführen. Deshalb krallte sie sich fest und suchte nach einer Möglichkeit, den Biß doch anzusetzen.

Sie hatte Osmin zurückgedrängt. So weit, daß er mit dem Rücken gegen den Vorhang stieß, der zwar nicht die Funktion einer Wand besaß, ihn aber trotzdem aufhielt.

Florence war wie von Sinnen. Mit einem gezielten Tritt hebelte sie ihm die Beine weg. Osmin verlor seinen Stand und fiel zu Boden. Er zerrte die Blonde mit, so daß sie auf ihn prallte und auch über ihm lag. Eine für ihr Vorhaben gute Position, denn im Liegen konnte sie ihr Opfer besser zurechtrücken.

Bisher hatte Kathy Gorman nichts getan. Sie war einfach geschockt gewesen, obwohl sie schon mit dem Schlimmsten gerechnet hatte. Das war noch Theorie gewesen, nun erlebte sie die Praxis und war zum erstenmal mit der Wirklichkeit eines Vampirdaseins konfrontiert. Sie fragte auch nicht, wie es möglich gewesen war, daß sich Florence so hatte verwandeln können. In diesen Augenblicken kam es nur darauf an, daß sie es schaffte, ihrem Mann zu helfen.

Was sie tat, bekam sie kaum mit.

Sie rannte auf Florence zu, die sich jetzt noch tiefer bückte, damit die Zähne näher an den Hals und das Blut herankamen.

Während des Laufens schon holte Katharina mit dem rechten Fuß aus – und trat zu.

Es hatte sie nicht einmal Überwindung gekostet, diesen Tritt anzusetzen. Nicht bei einem Monster wie Florence, und der Schuh erwischte sie voll am Kopf.

Ein Hammertritt, der den Körper zurückschleuderte. Sie sah zu, wie Florence über den Bühnenboden rollte und sich dabei überschlug. Aus ihrem Maul drangen dabei wütende Laute. Sie war glücklicherweise mit sich selbst beschäftigt, und die Gelegenheit ließ sich Katharina nicht entgegen. Wenn diese Person eine Blutsaugerin war, dann war sie mit einem Tritt nicht auszuschalten. Da mußten schon andere Waffen her, die sie leider nicht hatte.

Ihr Mann kam wieder auf die Füße. Jetzt war er leichenblaß, sagte jedoch kein Wort.

Er trug noch seinen Degen, deren Griff aus der Scheide hervorragte und in Reichweite der Frau geriet.

Ohne noch zu überlegen, griff Kathy zu. Mit beiden Händen zerrte sie die Waffe hervor. Es war kein normaler Kampfdegen, er gehörte zur Bühnendekoration. Aber er besaß eine Spitze, auch wenn diese abgerundet war. Schwere Wunden würde der Degen nicht hinterlassen. Katharina hoffte nur, daß sie sich die Blutsaugerin für eine Weile damit vom Leib halten konnte.

Nicht Florence griff an, sondern die ›Hexe‹. Kathy tat alles, ohne groß zu überlegen. Das helle Ziel mußte sie einfach sehen, und sie bemerkte auch, wie Florence sich schüttelte, nachdem sie stand und auf sie zuging.

Es war schon ein Wahnsinn. Dieses erotische Geschöpf auf der einen Seite, aber die Bestie, die nach Blut gierte, auf der anderen. Über diese Mischung wollte Katharina nicht erst nachdenken, für sie war wichtig, daß sie endlich handelte.

Sie war schneller als Florence.

Und stieß zu.

Das recht stumpfe Ende des Degens bohrte sich dicht unterhalb der Brüste in die Korsage. Das Ding kam sogar durch, aber es bog sich auch zu einem Halbkreis in die Höhe und stand kurz davor, einfach zusammenzuknicken.

Trotzdem drückte die Kraft Florence Turner zurück. Sie blieb für einen Moment stehen, breitete die Arme aus und torkelte danach nach hinten, so daß sich die Degenspitze von ihrem Körper löste.

Katharina setzte nicht nach. Es hätte auch keinen Sinn gehabt. Es war ihr gelungen, sich die Blutsaugerin zunächst vom Leib zu halten und somit Zeit zu gewinnen. Sie dachte noch an die anderen Kolleginnen und Kollegen, die ahnungslos waren. Die mußten ebenfalls gewarnt werden, denn wie leicht konnten sie zu einem Opfer werden.

»Weg!« schrie sie ihrem Mann mit heiserer Stimme zu. »Wir müssen los.«

Osmin stand noch unter Schock.

Aber er nickte, sah, daß Katharina loslief und rannte ihr nach.

Zurück blieb Florence.

Zwar satt, aber ihren Auftrag hatte sie nicht erfüllt. Dem Meister konnte es nicht gefallen.

Sie würde weitermachen. Auch wenn sie jetzt auf der leeren Bühne stand, das Blut der anderen war zu riechen. Bevor sie startete, schrie sie noch einmal auf…

Marsha hatte den Schutz der Dunkelheit geschickt für sich ausgenutzt. Die kleine Frau im weißen Kittel bewegte sich durch die hinteren Gefilde des Theaters und auch im Halbdunkel so sicher, als würde das Licht überall leuchten.

Sie kannte sich aus.

Sie wußte auch, wie sie auf den Schnürboden gelangte. Sie schob sich an alten Kulissen und staubigen Tüchern vorbei. Sie stieg über Kisten hinweg, dachte nicht an die anderen Akteure, sondern suchte nur nach der großen Eisenleiter, die erst in der Höhe des Schnürbodens endete.

Genau dort befand sich ihre Nahrung.

Aus der Höhe herab drang der schwache Schein einer dort oben festgeklemmten Leuchte. Er war wie ein feiner Nebel, der sich auf dem Weg nach unten verteilte. Und er ließ das Metall der Eisenleiter kalt glänzen.

Die erste Etappe war erreicht!

Marsha blieb für einen Moment stehen. Der erste Teil des Stücks war noch nicht beendet. Lange konnte er nicht dauern, und dann wollte sie oben sein.

In diesem Theater war noch alles wie früher. Hier gab es keine Computer, die die Beleuchtung steuerten. Es mußte noch richtig Hand angelegt werden. Dazu brauchte man eben Spezialisten, die sich in diesem Handwerk auskannten.

Die Wiedergängerin hielt sich nicht lange am Fuße der Leiter auf. Sie kletterte hoch.

Zwei Männer hockten dort oben. Sie bedienten die großen Scheinwerfer, die auf Schienen liefen und auch gedreht werden konnten. Je höher sie kletterte, um so schlechter wurde die Luft. Als Untote bekam sie das nicht mit. Menschliche Wahrnehmungen waren ihr versagt. Sie konnte nur an das Blut denken, das in den Adern der Männer pulsierte. Diese herrliche, rote und warme Flüssigkeit. Für sie gab es nichts anderes mehr auf dieser Welt.

Höher ging sie.

Regelmäßig waren ihre Bewegungen. Je länger sie kletterte und sich an ihren neuen Zustand gewöhnte, um so besser kam sie damit zurecht. Zu sehen waren die beiden nicht, aber zu riechen. Das Blut schien zu dampfen und sie wie unsichtbare Wolken zu umschweben.

Je näher Marsha kam, um so deutlicher schälte sich der Schnürboden hervor, von dem lange Seile für die Kulissen herabhingen. Es gab dort oben Stege, Schienen für die Scheinwerfer, kleine Plattformen und auch niedrige Geländer, die als Halt dienten.

Aber es existierten auch Lücken. Wer nicht achtgab, konnte leicht einen Fehltritt machen und hinunter auf die Bühne stürzen.

Die Leiter endete an einer dieser Plattformen. Marsha betrat sie noch nicht. Sie blieb zunächst stehen, um den Kopf nach links zu drehen, denn dort hielten sich die Beleuchter auf.

Tatsächlich – sie waren da!

Einen Scheinwerfer hatten sie ausgeschaltet. Der zweite gab noch sein Licht ab. Die anderen Beleuchtungskörper waren ebenfalls ausgeschaltet.

Sie schlich höher. Nur noch ein winziges Stück, dann hatte sie die Plattform erreicht. Auch jetzt schaffte sie es, fast lautlos. Es gab nichts, was sie verraten hätte. Zudem waren die beiden Männer zu sehr in ihre Arbeit vertieft.

Sie mußten sich konzentrieren, auch wenn sie den großen Scheinwerfer nicht bewegten.

Von unten her war nur die leise Musik zu hören. Für sie zeigte sich der Inspizient verantwortlich. Die Beleuchter hatten damit nichts zu tun.

Der schmale Steg lag vor ihr. Er führte direkt auf die beiden Personen zu. Er war nicht breit, das Geländerauch nicht hoch, aber er war glatt und nur an den Schnittstellen mit Metallnoppen versehen.

Sogar hier oben war der Beifallsturm aus dem Zuschauerraum deutlich zu hören. Das Rufen, das Pfeifen und Trampeln, das gefiel auch den Beleuchtern, denn schließlich gehörten sie zum Team.

Sie waren gut drauf. Sie klatschten sich gegenseitig ab und waren sicher, daß der Anfangserfolg auch noch später in den Vorstellungen anhalten würde.

Es lief für Marsha optimal. Nichts hätte besser sein können. Die Menschen sahen sie nicht. Aber sie sah die beiden Männer, in deren Körpern das Blut floß.

»Scheinwerfer aus – Pause!«

»Okay!«

Das Licht erlosch. Es wurde dunkel, aber nicht stockfinster, denn auch hier brannten noch die schwachen Birnen der Notbeleuchtung.

Marsha ging schlau vor. Sie hatte sich aus guten

Gründen hingelegt, damit sie sich nicht abmalte. Sollten die beiden in ihre Richtung schauen, würden sie Mühe haben sie zu sehen.

Sie kroch jetzt vor. Unter ihr befand sich das Metall und kein Holz, das unter Druck Geräusche abgab. Sie bekam auch die Unterhaltung der beiden mit.

»Willst du hier oben bleiben?«

»Nein. Ich habe unten noch ein paar Sandwiches.«

»Vielfraß.«

»Soll ich dir was mitbringen?«

»Nur eine Dose Wasser. Feiern können wir später.«

»Geritzt.«

Für Marsha wurde es kritisch. Es kam jetzt darauf an, in welche Richtung sich der Mann bewegte. Wenn er auf sie zukam, mußte sie ihren Plan ändern und sofort angreifen.

Wieder stand das Glück auf ihrer Seite, denn der Beleuchter machte sich an der anderen Seite an den Abstieg. Dort führte ebenfalls eine Eisentreppe nach unten.

Einer blieb zurück.

Marsha lächelte. Eine leichte Beute. Sie vertraute auf ihre neuen Kräfte, und sie beobachtete den Mann aus ihrer liegenden Haltung hervor. Er gähnte, er stand noch beim Scheinwerfer, rutschte aber jetzt zu Boden und nahm das Geländer in seinem Rücken als Stütze. In dieser Haltung blieb er hocken. Dabei streckte er die Beine so weit wie möglich aus. Wahrscheinlich schloß er sogar die Augen, aber da war Marsha sich nicht sicher.

Vorhin, als die beiden noch beisammen gewesen waren, war es für sie ein Risiko gewesen, normal auf sie zuzugehen. Jetzt war einer von ihnen weg. Sie hatte es nur mit einer Einzelperson zu tun. Bevor der andere zurück war, würde sie bereits satt sein.

Marsha richtete sich auf. Auch jetzt versuchte sie, verräterische Laute zu vermeiden. Der Beleuchter würde sie erst im letzten Moment sehen, das war die Hoffnung.

Sie ging.

Sie hörte sein Atmen. Er sah aus, als wäre er eingeschlafen, worüber sie sich nicht einmal wunderte. Deshalb ging sie auch schneller, trat dabei einmal zu hart auf und sah, wie der Mann genau in diesem Augenblick zusammenzuckte.

Er drehte den Kopf und schaute nach links.

Sie sahen sich!

Es war schummrig, es war düster. Auch wenn Marsha ihren Mund offen gehabt hätte, so hätte er die Zähne wohl nicht gesehen. Aber er kannte die Frau natürlich.

»He, Marsha, hast du dich verlaufen? Verdammt, was willst du hier? Das Terrain hier oben ist nichts für dich. Das ist einzig und allein unser Bereich.«

Sie gab keine Antwort und ging weiter.

Das wunderte den Mann. Er kannte Marsha als geschwätzige Person. Daß sie jetzt den Mund hielt, erstaunte ihn sehr. Auch kam ihm ihr Gang anders vor. Zwar bewegte sie sich recht langsam, allerdings auch zielstrebig, wie von einem harten Willen vorgeschoben.

Da stimmte was nicht.

Mit der rechten Hand drückte er sich ab, um aufzustehen. Die Bewegung gelang ihm nur halb, denn Marsha stieß sich noch aus der Gehbewegung hervor ab.

Der Mann riß noch den Mund auf, doch einen Schrei schaffte er nicht mehr. Da war Marsha bereits über ihm. Sie war keine leichte Person und drückte ihn mit ihrem Gewicht wieder zurück auf den Steg.

Sie kämpften. Der Mann hatte vorgehabt, sich zu beschweren. Dazu kam er nicht mehr. Einen Grund für den Angriff konnte er sich nicht denken, aber er wußte, daß er tatsächlich um sein Leben kämpfen mußte.

Marsha kannte kein Pardon. Sie war entschlossen, ihn zu töten, und sie war verdammt stark. Ihre Finger hatten sich in seinem Overall festgekrallt, und mit einer nicht einmal zu großen Kraftanstrengung riß sie den Mann aus der liegenden Haltung hoch.

Er stieß dabei mit dem Kopf gegen ihr Kinn, sah für einen Moment Sterne und wurde gehalten. Die Wucht drückte ihn gegen das Geländer. Ein hölzernes wäre sicherlich schon gebrochen, doch dieses hier bestand aus Eisen.

Es hielt dem Druck stand, auch wenn es nicht sehr hoch und mehr das Gesäß des Mannes berührte.

Marsha stand vor ihm. Sie hielt ihn gepackt. Das waren keine Hände, das waren schon Mordwerkzeuge, die jetzt an seinem Hemd dicht unter dem Kragen rissen. Es gefiel Marsha nicht, daß er so hoch wuchs. Sie wollte an den Hals heran, an die zuckende Lebensader, die sich unter der Haut abzeichnete.

Ihr Mund stand weit offen.

Der Mann starrte darauf.

In diesem Augenblick wurde ihm die gesamte Tragweite der Wahrheit bewußt, auch wenn er sie nicht nachvollziehen konnte. Was er da zu sehen bekam, glich einem wahr gewordenen Alptraum.

Sie biß zu.

Er senkte den Kopf noch im richtigen Augenblick, so hackten die Zähne nicht in das dünne weiche Halsfleisch. Sie schrammten statt dessen über seine Stirn hinweg, wo sie ebenfalls rötliche Schrammen hinterließen.

Die Blutsaugerin konnte nicht zufrieden sein. Sie mußte weitermachen. Sie brauchte ihn, aber der Mann hatte jetzt begriffen, daß es um sein Leben ging.

Er wehrte sich.

Auf dem Steg kam es zu einem verbissenen Kampf zwischen diesen beiden so unterschiedlichen Wesen. Keiner wollte auf- und nachgeben. Jeder mußte das Ziel erreichen, aber der Beleuchter, der nicht einmal Zeit für einen Hilfeschrei fand, mußte einsehen, daß ihm Marsha mit ihren übernatürlichen Kräften überlegen war. Er konnte sie nicht über das Geländer in die Tiefe stoßen.

Ihr Druck war zu stark.

Der Mann erinnerte sich daran, daß er früher einmal einige Tricks auf der Straße gelernt hatte. Zwar nicht fair, jedoch wirksam. Er setzte den Kopfstoß ein.

Nah genug war Marshas Gesicht. Mit der Stirn traf er ihre Nase. Er hörte das knirschende Geräusch, als das Nasenbein brach und erwartete eigentlich den Schrei, denn sie mußte stärkere Schmerzen verspüren als er in seinem Kopf.

Sie schrie nicht, nahm es hin und war nur um eine Idee nach hinten getickt, wobei sie die andere Seite des Geländers berührte und sich ihr Griff zwangsläufig lockerte.

Alles oder nichts!

Der Mann schrie auf, als er sich bückte und die

Beine der Untoten umschloß. Er keuchte noch einmal, als er sie in die Höhe stemmte. Sie wollte sich noch am Geländer festhalten, doch er hatte sie bereits zu hoch gehievt.

Die Blutsaugerin bekam das Übergewicht und kippte rücklings über das Geländer hinweg dem Bühnenboden entgegen ...

Wir standen jetzt da und waren schon ein wenig ratlos. Eigentlich hatten wir erwartet, jemand zu treffen, statt dessen hielten wir uns in der Kulisse auf.

Wir hatten vorgehabt, zu gehen, aber Jane Collins war dagegen gewesen und hatte uns zurückgehalten. Einen direkten Grund konnte sie nicht nennen, sie hatte nur davon gesprochen, daß sich etwas in der Nähe aufhielt, das noch nicht zu sehen war.

»Bist du sicher?«

»Nein, John, aber schon im Theater habe ich den Eindruck gehabt, daß etwas nicht in Ordnung ist.«

»Wie lange sollen wir bleiben?«

»Gib ihr eine Minute, John.«

»Okay.«

Jane entfernte sich von uns. Sie suchte jeden Winkel der Bühne ab, während die Horror-Oma bei mir blieb, den Kopf schüttelte und meinte: »Wir fallen doch immer wieder darauf rein, John. Manche ziehen eben die Pest an.«

»Das ist wohl Schicksal.«

Ich suchte Jane, um ihr zu sagen, daß es keinen Sinn hatte und die Schauspieler wichtiger waren, als mir etwas auffiel.

Es war nicht zu sehen, aber zu hören. Und es passierte auch nicht in unserer unmittelbaren Nähe auf der Bühne. Etwas entfernt und über unseren Köpfen.

Auch Sarah hatte es gehört. »John, da ist was. Auf dem verdammten Schnürboden ...«

Ich schaute hoch.

Die Scheinwerfer waren erloschen. Es war einfach zu finster, um etwas erkennen zu können. Ich ärgerte mich, und dachte daran, daß auch meine kleine Lampe nicht viel brachte.

Um mehr Balance zu halten, hatte ich mich breitbeinig hingestellt und den Kopf zurückgelegt. Vielleicht war ja etwas zu erkennen, was sich da über uns abspielte.

Jane war zurückgekommen und schaute hoch. Ihr gefielen die leisen Laute ebenfalls nicht. »Hört sich nach einem Kampf an.«

»Das kann sein.«

Trotz allem strahlte ich hoch. Das Licht war dünn wie ein Finger. Es erreichte sein Ziel nicht. Wir sahen nichts – oder?

Doch, denn ich hatte meine Hand nach rechts bewegt. Der Winkel war ein anderer geworden. Zwar traf der Strahl nicht voll, aber ich entdeckte die Bewegungen hoch über uns auf dem Schnür- und Beleuchterboden. Auch Jane hatte es gesehen und sprach aus, was ich dachte.

»John, das ist ein Kampf ...«

Eine Antwort konnte ich nicht geben. Der Schrei oder ein Keuchen schallte zu uns herab. Dieser Laut war gewissermaßen ein Vorbote für das, was noch kam.

Plötzlich segelte ein Körper in die Tiefe. Es war niemand von den Schauspielern, denn einen weißen Kittel hatte selbst Florence nicht getragen. Und es war eine Frau, die mit Händen und Füßen um sich schlug.

Jane sprang zur Seite, um nicht von dem fallenden Körper erwischt zu werden. Ich mußte auch aus dem Weg und zerrte Sarah Goldwyn mit.

Der Körper schlug auf.

Es tat uns selbst weh, als wir das schreckliche Geräusch hörten, das dabei entstand. Der Bühnenboden vibrierte noch an der Aufschlagstelle nach, dann wurde es still.

Was war dort oben losgewesen? Ich beherrschte meinen Drang, in Richtung Schnürboden zu klettern. Statt dessen schaute ich Jane Collins zu, die sich gebückt hatte, sich dann hinhockte und in einem gebührenden Abstand zum regungslosen Körper blieb. Sie sah aus wie jemand, der eine Untersuchung starten wollte.

Lady Sarah trat näher an mich heran. Auch ihr steckte der Schock noch in den Gliedern. Sie wischte Schweißperlen von ihrer Stirn und flüsterte. »Es ist die Garderobiere und Stylistin, wenn mich nicht alles täuscht. Ihren Namen kenne ich leider nicht, aber ich habe sie schon hier gesehen.« Sie schüttelte den Kopf. »Warum hat man sie nur auf die Bühne geworfen? Wenn diese Florence tatsächlich ein Vampir ist, John, dann wissen wir, wo sie sich aufhält. Du müßtest wohl hoch.«

Es war schon komisch, denn ich konnte mich der Meinung meiner älteren Freundin leider nicht anschließen. Etwas stimmte nicht an der Situation, die so klar aussah.

Als wären wir gehört worden, vernahmen wir von oben her das Keuchen. Ob es von einem Mann oder einer Frau ausgestoßen wurde, hörten wir nicht heraus, aber ich leuchtete noch einmal in die Höhe und ließ zugleich meine Stimme ertönen.

»Verdammt, wer sind Sie? Melden Sie sich!«

»Ich bin der Beleuchter.«

»Haben Sie die Frau von der Galerie gestoßen?« rief Lady Sarah.

Er lachte bitter. »Hören Sie auf, verdammt. Entweder sie oder ich. Da gab es keine andere Alternative.«

»John, sie bewegt sich!« warnte mich Jane Collins.

Sofort schaute ich hin. Auch Lady Sarah hatte für nichts anderes mehr Augen.

In der Tat wälzte sich die Person herum. Nur in die entgegengesetzte Richtung. Weg von Jane Collins. Das Gesicht war uns zugedreht. Es war so blaß, und wir sahen, wie sich ihre Lippen zuckend bewegten. Dann öffnete sie den Mund.

Überdeutlich zeichneten sich die beiden spitzen Zähne ab. Und die waren alles andere als unecht ...

Es gab nicht nur die Garderobe, es gab noch einen zweiten Raum, in dem sich die Schauspieler erholen konnten, wenn sie Pause hatten. Dort standen auch die beiden Getränkeautomaten an der Wand. Der eine für heiße, der andere für kalte Getränke.

Die beiden Mönche, die Tänzerinnen und auch der Inspizient hatten sich dort versammelt. Man trank Kaffee, Tee, Cola oder Wasser, und es gab keinen, der nicht aufgeregt war. Dazu war das Stück einfach zu gut gelaufen. Ihnen allen klangen noch die schon stürmischen Ovationen des Publikums in den Ohren nach.

Jeder wollte reden. Jeder wollte sich befreien und seine Meinung sagen. So kam es, daß alle durcheinandersprachen und niemand auf den anderen hörte.

»Ich sage euch, das ist der Grundstock zum Erfolg!« rief Mönch Nummer eins, ein junger Mann mit langer Flattermähne, die er allerdings durch ein Gummiband im Nacken gezähmt hatte. »Hierauf müssen wir aufbauen, dann schaffen wir es auch bis zu den großen Bühnen. *In the Darkness* wird sich herumsprechen, darauf könnt ihr euch verlassen.«

»Wollen es hoffen«, sagte sein Kollege. Er saß auf dem Boden neben der Tür. Seinen Rücken hatte er gegen die Wand gelehnt, und er schlürfte Kaffee aus dem Becher.

Nur so lange normal, bis die Tür plötzlich vehement nach innen gestoßen wurde.

Der Mönch erschreckte sich. Kaffee spritzte aus dem Becher, schwappte über seine Hand. Die Hitze des Getränks ließ ihn fluchen, doch das war nichts gegen Katharina und Osmin, die über die Schwelle sprangen, wobei sich Osmin noch drehte, nach einem im Schloß steckenden Schlüssel suchte und erbärmlich fluchte, weil er ihn nicht sah.

»Scheiße, man kann nicht abschließen!«

»Was ist denn los?« fragte eine der Tänzerinnen.

Die Antwort gab Katharina. »Ihr könnt uns glauben oder nicht. Aber damit treibt man keine Scherze. Wir alle hier befinden uns in großer Lebensgefahr. Florence Turner ist hinter uns her. Sie hat sich in eine Vampirin verwandelt und will unser Blut ...

Mit einem Sprung wich Jane Collins zurück und wäre beinahe noch über den Sarg gestolpert. Sie wollte auf keinen Fall von der Untoten an den Füßen gepackt werden, die beide Arme ausgestreckt hatte und nach Beute suchte. Sie fand keine. Die Hände rutschten wirkungslos über den Bühnenboden hinweg. Aber sie richtete sich allmählich auf.

Ich war nicht zur Seite gegangen. Nur Sarah Goldwyn hatte sich in den Hintergrund gedrückt. Sie wußte, wie gefährlich die Blutsauger waren. In ihrem Alter war sie auch nicht so schnell auf den Beinen wie wir.

Ein kaltes Licht fiel vom Schnürboden nach unten. Es sah aus, als hätte eine Sonne den Himmel verlassen und sich als Kreis auf dem Bühnenboden abgemalt. Die Untote stand genau im Zentrum des Kreises. Sie hatte sich mit einer letzten Bewegung aufgerichtet und drehte uns das Gesicht zu.

Wir sahen sie zum erstenmal überdeutlich. Das Gesicht war an der Nase eingeschlagen. Die Augen bewegten sich nicht mehr. Sie blieben starr, aber sie schaute gezielt auf mich und dann auf Jane Collins, die einen Bogen geschlagen hatte und sich wie schützend neben mich stellte.

Wie diese Person stellte man sich wirklich keinen Vampir vor. Eine rundliche Frau, die in ihrem Kittel wie eingepackt wirkte. Nicht besonders groß, aber mit dem Keim der Blutsauger versehen, denn sie hielt den Mund offen. Aus dem Oberkiefer schauten die beiden Zähne hervor, die wie spitze Messer waren und hell schimmerten.

Sie hatte sich noch nicht orientiert. Sie sah uns, und sie roch auch unser Blut, das für sie die perfekte Nahrung war. Lange konnte sie noch nicht zu der Truppe der Widergänger gehören. Wahrscheinlich war sie erst vor kurzem erwacht und hatte es oben auf dem Schnürboden versucht.

Von dort her hörten wir auch die Männerstimme. »Haut ab, verdammt! Das ist kein Trick. Die will euch leersaugen. Die ist echt. Das ist eine Bestie!«

Er hatte ja recht. Nur würden wir uns nicht zurückziehen. Er kannte uns nicht. Auf seine Warnungen hörten wir nicht. Der Kegel des Scheinwerfers blieb als Kreis auf der Bühne und behielt auch den Mittelpunkt.

»Willst du dic Beretta oder das Kreuz nehmen?« flüsterte Jane Collins mir zu.

»Das Kreuz.«

»Ich bin waffenlos, John.«

Ich überließ ihr die Beretta.

»Danke.« Jane behielt die Waffe in der Hand und richtete die Mündung auf die Untote.

Ich trat vor. Verdeckte Jane. Jetzt hielt ich mich schon in greifbarer Nähe der Veränderten auf. Aus dem dunklen Hintergrund ermahnte mich Sarah Goldwyn, nur ja achtzugeben.

Auch die Untote hatte die Stimme gehört. Sie drehte den Kopf von mir weg, und ich trat vor.

Plötzlich war ich so dicht bei ihr, daß sie mir nicht mehr ausweichen konnte.

Ich hob die rechte Hand, mit ihr kam auch das Kreuz in die Höhe, und dann malte sich sein größter Teil von ihrem Gesicht ab.

Sie sah und spürte es auch. Ich merkte die leichte Wärme. Ich sah, wie sich das Gesicht der Frau verzerrte. Das Wissen um etwas Schreckliches malte sich auf den Zügen ab. Sie wollte noch zurückweiche, doch das ließ ich nicht zu.

Die Berührung zwischen ihr und dem Kreuz war nicht mehr aufzuhalten. Sie brüllte nur kurz auf, während das geweihte Metall die Haut am Hals berührte.

Sie torkelte zurück und geriet aus dem Lichtschein. Der Mund stand weit offen. In der Kehle schien es zu kochen, und an ihrem Hals sah ich den Abdruck des Kreuzes. Aus ihm löste sich der graue Rauch, während der Umriß in einem Rotbraun schimmerte.

Dann fiel sie einfach um.

Wir hörten alle das dumpfe Geräusch, mit dem sie auf den Bühnenboden schlug. Ihre Beine bewegten sich noch trampelnd, die Füße rutschten auf den Hacken vor und zurück, und wenig später lag sie völlig still da. Fast wie eine Schauspielerin, die in ihrer Rolle gestorben war. Nur würde sie nicht mehr aufstehen, wenn der Vorhang gefallen war. Für dieses Monstrum war er ein für allemal gefallen. Sie würde keinen Tropfen Blut mehr saugen können.

Ich hörte und sah auch Sarah Goldwyn kommen. Sie ging sehr langsam und schüttelte dabei den Kopf. »Mein Gott, was ist das nur für ein Schicksal. Vor einigen Stunden hat sie noch gelebt, und nun dies.«

Ich hatte das Kreuz wieder in die Tasche gesteckt. Jane Collins half mir dabei, die vernichtete Untote in den hellen Kreis zu ziehen. Jetzt konnten wir sie überdeutlich sehen. Der Gesichtsausdruck, den ich noch so schreckverzerrt erlebt hatte, war wieder normal geworden. Er sah friedlich aus. Die Garderobiere hatte in ihrem Ende ihren Frieden gefunden und wahrscheinlich einen neuen Anfang erlebt. Der Abdruck des Kreuzes war noch zu sehen. Menschliches Blut würde sie nie mehr trinken können.

»Das war die erste«, flüsterte Sarah Goldwyn. »Könnten es noch mehr sein?«

Wir kamen nicht dazu, darüber zu sprechen, denn der Zeuge oben auf der Beleuchterbrücke hatte alles mit angesehen. »He!« hörten wir seine Stimme. »He, verdammt, was habt ihr denn? Was ist los mit dieser verfluchten Gestalt?«

»Es gibt sie nicht mehr!« rief ich zurück.

Er lachte, und es hörte sich ungläubig an. »Okay, aber ich bleibe hier oben. Ich sage euch dann Bescheid, wenn noch so eine auftaucht.«

»Gibt es denn eine zweite?« rief Jane hoch.

»Weiß ich nicht, verflucht! Ich weiß überhaupt nichts mehr. Das ist Horror pur. Scheiße, ich bin doch nicht in einem Gruselfilm. Ich bin überhaupt nicht im Film ...«

»Hören Sie, wir brauchen eine Antwort!«

»Keine Ahnung, Lady, keine Ahnung. Es kann sein, daß da noch jemand Echtes herumläuft. Ist ja alles möglich, verflucht.« Er hustete. »Wo sind die anderen?«

»Das wollten wir von Ihnen wissen.«

»Bestimmt in der Garderobe oder so.«

»Danke.«

»Er wird recht haben«, erklärte Lady Sarah. »Und ich werde euch führen, denn ich kenne mich hier aus. Ich habe das Theater zuvor besichtigen können. Es ist nicht weit, kommt.«

Sie wollte gehen, doch ich hielt sie fest. »Sarah, bitte, wir kennen das Spiel. Bleib bitte im Hintergrund und begib dich nicht in Gefahr.«

»Mein Blut wird nicht schmecken.«

»Warte es ab.«

Sie streichelte meine Wange. »Okay, mein Junge, das ist schon gut so. Ich werde dir schon keinen Ärger machen. Wir kriegen das alles in den Griff.«

Ich gab ihr durch mein Nicken recht. Meine Gedanken aber bewegten sich in einer anderen Richtung weiter.

Mir war klar, daß diese Person nicht allein als Vampir unterwegs gewesen war. Es mußte zumindest noch eine Veränderte geben. Die kannten wir. Sie war aus dem Sarg geklettert. Jeder im Zuschauerraum hatte es mitbekommen, und jeder hatte auch ihre Zähne gesehen.

In der Geschichte des Grusicals war sie die Geliebte gewesen, die als Untote hatte zurückkehren sollen. Sie war zurückgekehrt, aber nicht als Schauspielerin oder Mensch, sondern eben als Blutsaugerin, die sich bereits ein erstes Opfer geholt hatte. Ich fragte mich zudem, ob die anderen Bescheid wußten und inwiefern sie informiert waren. Das konnte alles sein, mußte aber nicht.

Als ich Sarah Goldwyns fragenden Blick sag, nickte ich. »Okay, dann laßt uns gehen ...«

Katharina Gorman holte tief Luft und schüttelte den Kopf. Sie sah die beiden Tänzerinnen, die zwei Mönche, den Inspizienten. Alle wirkten verständnislos. Abgesehen von Osmin, der kreidebleich an der Wand lehnte und eine Hand vor den Mund preßte.

Sie hielt den Theaterdegen noch in der Hand und hämmerte ihn gegen den Boden. »Verdammte

Scheiße, warum sagt ihr denn nichts?« brüllte sie den anderen entgegen. »Warum nicht?«

»Wo ... wo ... ist Florence?«

Beinahe hätte Katharina geschrien, als sie die Frage gehört hatte, die ihr so gar nicht paßte. Sehr laut gab sie die Antwort, die dem Inspizienten galt.

»Hast du mich nicht verstanden, Roger? Diese Person ist nicht mehr Florence Turner, wie du sie kennst. Wie ihr alle sie kennt. Sie ist kein Mensch mehr. Aus dem Sarg kroch eine Blutsaugerin, eine echte Vampirin. Versteht ihr das? Habe ich nicht deutlich genug gesprochen?«

Einer der beiden Mönche hob den rechten Arm. »Aber Moment mal. Vampire gibt es doch nicht. Nicht in der Wirklichkeit, meine ich. Die sind nur im Kino und ...«

»Haben Osmin und ich auch angenommen. Das ist ein Irrtum gewesen. Es gibt sie.«

»Florence soll ...?«

»Nein, nicht nur soll. Sie ist es. Sie ist zu einer Blutsaugerin geworden. Und sie will euer Blut, versteht ihr das? Sie will euch leertrinken, um selbst ihr verdammtes Dasein fortführen zu können. Das ist es, was ich euch sagen will.«

Danach herrschte Schweigen, bis eine der Tänzerinnen sprach. »Aber das wird man doch nicht so einfach. Ich meine ... nicht von heute auf morgen. Da muß doch etwas passiert sein ...«

»Ist es auch.«

»Was denn?«

»Sie ist zu einer Blutsaugerin gemacht worden!« schrie Katharina. »Sie wurde selbst angegriffen, gebissen. Etwas anderes kann ich mir nicht vorstellen.«

»Und von wem?«

Beinahe hätte Kathy Gorman gelacht. »Das ist die Frage. Ich habe sie mir gerade noch vom Hals halten können.« Sie hob die Bühnenwaffe hoch. »Hier, mit dem Degen. Damit konnte ich sie zurückstoßen. Hätte ich ihn nicht gehabt, wären wir jetzt verloren. Aber ich habe mich wehren können, und das war Rettung im letzten Augenblick. Fragt Osmin. Er ist dabeigewesen.«

Gorman nickte nur. Er hatte sich wieder gefangen und war auch von der Wand weggetreten. Allerdings konnte er das Zittern nicht unterdrücken und schielte immer wieder zur Tür, denn sie war der einzige Ausgang.

»Was machen wir jetzt?« flüsterte der Mönch.

»Jedenfalls müssen wir hier raus!« erklärte Katharina. »So schnell wie möglich weg. Alles andere kannst du vergessen. Wir alle wissen doch, wie unersättlich diese Blutsauger sind. Die gibt sich nicht damit zufrieden, nur ein Opfer anzufallen. Florence ist kein Mensch mehr, sondern eine Bestie.«

»Ich will hier raus!« schrie Roger, der Inspizient, so laut, daß die anderen zusammenzuckten. »Weg! Ich bin doch hier in der Falle, verdammt noch mal!« Er schaute sich um. »Wir alle stecken fest.« Seine Hände fuhren zum Hals. Er atmete keuchend. »Ich will nicht gebissen werden und ebenfalls als Vampir durch die Gegend laufen. Nein, verdammt noch mal, das will ich nicht!« Bevor ihn jemand daran hindern konnte, startete er von seinem Platz aus und lief auf die Tür zu. Der Mann war von Panik erfüllt. Er schwitzte so stark, daß sein Haar auf dem Kopf klebte und wie ein Helm aussah.

Gorman trat ihm in den Weg. Beide rammten zusammen. Roger flog zurück. Er verlor seine Brille, die zwar nicht zerbrach, aber zertreten wurde, als er seinen Fuß darauf setzte.

Osmin packte ihn sofort und schüttelte ihn durch. »Du bleibst bei uns, verflucht noch mal. Hast du nicht gehört? Haben wir nicht deutlich genug gesprochen?«

Der Kopf des Mannes wackelte hin und her. Seine Augen waren starr, ohne eine Spur von Leben. Plötzlich fing er an zu schluchzen und ging rückwärts. Er stieß dabei gegen einen Tisch. Mit der Hand räumte er zwei Coladosen und eine Milchtüte von der Platte.

Die Gormans blickten sich an.

Sie wußten, daß sie etwas unternehmen mußten. Von allen anderen hatten sie sich noch am besten unter Kontrolle.

Osmin überließ seiner Frau das Feld. »Okay, wie machen wir es? Was sollen wir tun?«

»Du erst mal nichts. Ich schaue nach.«

»Willst du raus?«

»Nur nachsehen, ob die Luft rein ist.«

»Was ist wenn ...« Er lachte plötzlich. »Verdammt, die Pause ist gleich vorbei. Die Leute kommen zurück und warten darauf, daß die zweite Hälfte beginnt.«

»Das weiß ich. Aber darum können wir uns jetzt nicht kümmern.«

Osmin schloß für einen Moment die Augen. »Ich war nie in einer Kirche, ich war auch nie in einer Moschee. Wenn wir diese Scheiße hier überstehen, stifte ich zehn Kerzen auf einmal. Darauf kannst du dich verlassen.«

»Ja, das wäre wohl auch nötig.«

»Man müßte noch die Zuschauer warnen, Kathy.«

Die Frau zuckte nur mit den Schultern. Eine Geste, die andeutete, daß es zu spät war.

Osmin trat zurück. Mit leiser Stimme erklärte er den anderen, was seine Frau vorhatte.

Sie waren damit einverstanden und deuteten es durch ihr Nicken an. Wie sollten sie sich auch verhalten? Das Grauen auf der Bühne darzustellen, war etwas anderes, als es selbst zu erleben.

Auch der ›Hexe‹ ging es nicht gut. Sie wußte genau, was vor ihr lag. Jetzt, als sie sich auf das Öffnen der Tür konzentrierte, raste ihr Puls.

Sie legte die Hand auf die Klinke. Noch einmal holte sie tief Luft. Dabei dachte sie daran, daß Vampire nicht mehr atmeten, und sie hoffte, daß es ihr nicht ebenso ergehen würde.

Obwohl der Degen keine tödliche Waffe für einen Blutsauger war, hielt sie ihn krampfhaft fest. Kalter Schweiß lag auf ihren Handflächen. Sie spürte, wie die Hand über die Klinke hinwegglitt, als sie diese nach unten drückte.

Dann zog sie die Tür auf.

Der erste Blick ins Halbdunkel. Die Beleuchtung gab kaum Licht. Aber Florence wäre schon auf Grund ihrer hellen Kleidung zu sehen gewesen. Nichts und niemand hielt sich in diesem Bereich auf. Es gab keine spukhafte Gestalt. Es gab keine Person, die nach dem Blut der Menschen gierte. Die Umgebung war leer.

Ein kleiner Grund zum Aufatmen, aber die Spannung blieb trotzdem bestehen. Katharina Gorman mußte sich entscheiden, ob sie den normalen Weg über die Bühne gehen oder den hinteren Ausgang nehmen sollte.

»Was ist denn?« flüsterte Osmin hinter ihr.

»Nichts zu sehen.«

»Dann ist die Luft rein?« Er stellte die Frage, als könnte er es nicht glauben.

»Ja, es sieht so aus. Aber daran glauben kann ich nicht. So leicht läßt sich Florence nicht stoppen. Sag den anderen, daß sie kommen können. Ich bleibe an der Spitze.«

»Und wo willst du hingehen?«

Kathy mußte sich entscheiden und tat es auch. »Wir nehmen den hinteren Ausgang. Da ist es dunkel. Da haben wir mehr Platz auf dem Hof. Da sind auch keine Menschen.«

»Okay.«

Katharina betrat den Gang, während ihr Mann den anderen Bescheid sagte. Er hatte sich gut in der Gewalt und erntete auch keinen Protest. Die anderen wußten genau, daß es jetzt auf sie und ihr weiteres Verhalten ankam, wollten sie nicht in die Blutfalle der Untoten hineingeraten.

Katharina bewegte ich auf leisen Sohlen. Sie schlich ein paar Schritte zur Seite, wartete auf die anderen und winkte ihnen, als sie den Raum verließen, mit hektischen Bewegungen zu. »Kommt, kommt . . . noch haben wir Glück.«

An der offenen Tür und auf der Schwelle entstand Gedränge. Jeder wollte so rasch wie möglich weg. In diesen Augenblicken hätten sich alle Flügel gewünscht, um zu verschwinden.

Die Gesichter waren angespannt, denn jeder aus der Gruppe kämpfte mit seiner Angst. Ein Schicksal wie Florence wollte niemand erleiden. Es war schon so etwas wie eine Beruhigung für sie, als ihnen Katharina zuwinkte. Sie hatte den strategisch günstigsten

Platz eingenommen und einen entsprechenden Überblick.

Sie kamen und gingen wie Schulkinder hintereinander, die zu irgendeinem Unterricht geführt werden sollten. »Wir haben Glück!« flüsterte Katharina. »Noch ist sie nicht zu sehen.«

»Hier gibt es viele dunkle Stellen«, flüsterte eine der Tänzerinnen. »Die kann überall sein.« Sie blieb stehen, als wäre sie gestoppt worden. Kathy befürchtete, daß die Angst sie zu einer Reaktion treiben konnte, die schlecht für alle war. Schreien und das Durchdrehen konnten sie sich jetzt nicht erlauben.

Bevor es passieren konnte, war sie bei dem jungen Mädchen und hielt ihm den Mund zu. Kathy brachte ihre Lippen dicht an das Ohr des Mädchens. »Du bist still, verstehst du? Du bist so verdammt still wie du nie zuvor gewesen bist. Wenn ich nur einen Schrei von dir höre, drehe ich durch. Ich will Ruhe haben. Ist das klar?«

Das Mädchen nickte.

»Gut.« Katharina löste ihre Hand von den Lippen des Mädchens, und die Kleine holte tief Luft. Durch einen Blick gab Kathy ihrem Mann zu verstehen, sich nah bei der Tänzerin aufzuhalten, und Osmin begriff. Er legte seine Hand um ihre Schultern und spürte, wie stark sie zitterte.

Katharina Gorman übernahm wieder die Führung. Sie setzte ihre Schritte wie eine Person, die sich auf unbekanntem Moorgelände bewegt. Nur keinen Druck ausüben, nur nicht zu schnell gehen. Immer erst schauen, dann treten.

Vor ihr war alles dunkel. Das Licht verlor sich wie im Schlund eines Ungeheuers. Schatten lag zwischen den Wänden. Die Luft war trocken und feucht zugleich. Sie schmeckte nach Staub, und sie roch auch nach alter Schminke.

Der Gang war nicht lang, und er öffnete sich in der Nähe des Hinterausgangs. Dort mußte viel Platz sein, damit die Kulissen aufbewahrt werden konnten. Die Ausgangstür war recht groß. Man konnte sie zur Seite schieben.

Auch in diesem Bereich bildete die Notbeleuchtung das einzige Licht. Katharina wollte keine anderen Lampen einschalten. Zwar mochten Vampire das Licht nicht, das jedoch betraf mehr die Sonne. Es war Nacht, es war auch draußen finster. Sogar der Vollmond stand am Himmel, auch wenn er nicht zu sehen war. Er versteckte sich hinter den Wolken, doch seine Kraft mußten auch die Blutsauger spüren.

Sie waren kaum zu hören. Jeder wußte, daß es einzig und allein auf sie ankam. Nur wenn sie die Nerven behielten, schafften sie es, dem Grauen zu entwischen.

Die Kulissen wirkten auf sie wie eingefrorene Gespenster aus einer fremden Welt. Obwohl alles so normal war. Die Figuren, die Wände, die Säulen. Aber auch die unterschiedliche Bemalung sorgte für dieses düstere Bild.

Kein fremdes Geräusch erreichte ihre Ohren. Wenn sie etwas hörten, dann waren es die eigenen Schritte.

Über dem Ausgang brannte ebenfalls eine Leuchte. Ziemlich breit, so daß sie wie ein langer Wurm aussah. Sein Licht war kalt, aber es gab ihnen Hoffnung.

Katharina Gorman blieb vor der Tür stehen und drehte den Kopf. Dann winkte sie Osmin herbei. »Hilf mir mal bei der Tür.«

Es war nicht einfach, sie aufzuschieben. Sie mußten erst den Riegel lösen. Hier war alles alt und hätte unbedingt gepflegt werden müssen. Darum hatte sich niemand in all den Jahren gekümmert, in denen das Theater leergestanden hatte.

Beide mußten ziehen und schieben. Sie hörten die schleifenden Geräusche, und dann hatten sie es geschafft. Der Riegel war zurückgeschoben. Die Tür selbst lief auf einer Schiene, die im Boden verankert und nicht sichtbar war.

Auch jetzt wollte Katharina nach einem Plan vorgehen. Ihr war selbst heiß und kalt zugleich, aber sie gab nicht auf und riß sich zusammen, als sie vor den anderen stand. »Okay, Freunde, bis hierher haben wir es gut geschafft. Den Rest bringen wir auch noch hinter uns. Davon bin ich überzeugt.«

»Hast du einen Plan?« fragte der Inspizient.

»Ja, wir dürfen nicht durchdrehen und gehen nur Schritt für Schritt. Paßt auf. Schaut euch die Umgebung genau an. Registriert jede Bewegung, und ...«, sie winkte ab. »Scheiße, ich weiß auch nicht mehr weiter. Deshalb viel Glück.«

Osmin stand schon bereit. Die Schiebetür war mit einem sehr breiten Griff ausgestattet, der auch von zwei Händen umfaßt werden konnte.

»Ich bin schon fast soweit, daß ich laut bete!« flüsterte Osmin seiner Frau zu.

»Drück uns lieber die Daumen.«

»Das sowieso.«

»Dann los!«

Gemeinsam zerrten sie am Griff. Sie beugten sich zurück, um die Tür öffnen zu können. Und sie bewegte sich. Zwar glitt sie nicht lautlos in der

Schiene zurück, sie rappelte etwas, aber diese Geräusche mußten sie in Kauf nehmen.

Die dumpfe Theaterluft verschwand. Sie wurde von der Kühle der Nacht abgelöst, die ihnen entgegenschwappte. Der erste Blick fiel auf das Gelände hinter dem Theater.

Nichts war zu sehen. Nichts hob sich dort ab. Schatten, so tief und dunkel wie ein Vorhang, fielen vom Himmel herab und bedeckten alles. Ihre Augen mußten sich erst an die neuen Lichtverhältnisse gewöhnen, um etwas klarer sehen zu können.

Sie warteten noch. Nur die beiden Gormans bewegten sich vor. Osmin wollte unbedingt an der Seite seiner Frau bleiben. Nicht als Beschützer. Er bewunderte ihre Nervenstärke. Er selbst hätte sie auf keinen Fall aufgebracht und wäre wahrscheinlich durchgedreht.

Wer hier seinen Wagen abstellte, der gehörte zum Theater.

Ihre Autos standen auch dort, aber sie erkannten sie erst bei näherem Hinschauen.

Katharina wollte den anderen Mut machen. Sie blieb stehen und drehte sich um, während ihr Mann ein paar Schritte weiterging. »Wir haben es so gut wie geschafft. Wir steigen in die Wagen und fahren weg.«

»Ich habe meinen Schlüssel nicht mit!« sagte der Inspizient. »Wer von uns hat schon gewußt, daß wir ...«

»Dann packen wir uns eben alle in unseren. Für ein paar Meter wird das schon gehen. Wir legen uns übereinander. Das ist ...« Sie stutze. Etwas an den Haltungen ihrer Freunde konnte ihr einfach nicht gefallen. Sie waren so steif. Die Angst hielt sie umschlossen wie unsichtbare Etuis. Starre Blicke, die auf einen bestimmten Punkt fixiert waren, der sich hinter Katharina befand.

Dann hörte sie den Stöhnlaut ihres Mannes. Er flüsterte auch etwas, das sie nicht verstand. Aber es traf sie wie ein Blitzschlag. Das war eine verdammte Warnung.

Sie fuhr herum.

Und sie sah, was passiert war.

Es war unglaublich, und Katharina kam sich zunächst vor wie auf der Bühne. Leider war es echt. Da standen nicht nur die Autos, da hielt sich noch jemand in den Lücken auf, der auf sie gewartet hatte und nun langsam in die Höhe kam.

Eine schwarze Gestalt. Sehr dunkel, in der Umgebung noch unheimlicher wirkend.

Kein Mönch. Dazu fehlte ihm auch die Kapuze. Dafür sah sie das bleiche Gesicht, auf dessen Stirn sich genau in der Mitte ein blutrotes D abzeichnete ...

Lady Sarah hatte es nicht lassen können. Vor dem Verschwinden von der Bühne war sie noch einmal an den Vorhang getreten und hatte auch die Lücke gefunden, durch die sie schauen konnte. »Die Zuschauer kommen allmählich zurück«, flüsterte sie. »Verflixt noch mal. Wie soll man ihnen begreifbar machen, daß es nicht weitergeht?«

»Überhaupt nicht«, sagte ich.

»Damit wird sich keiner zufriedengeben.«

»Willst du es versuchen?« fragte Jane.

»Daran dachte ich.«

»Nein!« Ich widersprach. »Laß bitte alles so wie es ist. Die Untote wird sich noch hier irgendwo im

Bereich der Bühne aufhalten. Davon bin ich überzeugt.«

Es schien, als wären wir von dem Beleuchter auf der Brücke gehört worden. Er sorgte durch das Einschalten eines zweiten Scheinwerfers für noch mehr Licht. Jetzt wanderten beide Kreise wie große Monde über den Boden hinweg, aber sie erwischten nur uns und nicht die verdammte Untote, die ein gutes Versteck gefunden hatte.

»Hier oben ist keiner mehr. Von mir und dem Kollegen mal abgesehen. Er kam wieder hoch, aber hat sie auch nicht gesehen.«

»Bleiben Sie auch dort!« rief Jane.

»Darauf könnt ihr euch verlassen. Wo wollt ihr denn hin?«

»Wir schauen uns um. Hinter der Bühne und auch in den Garderoben oder in der Kantine.«

»Ja, aber ...« Er überlegte und fügte hinzu. »Ist schon okay.«

Wir kannten das Theater nicht, hatten uns jedoch schon genügend in den Bauten aufgehalten, und irgendwo glichen sie sich alle. Deshalb waren die Wege auch nicht zu fremd.

Jane behielt die Beretta und sorgte dafür, daß Sarah Goldwyn an ihrer Seite blieb. Stille umgab uns.

Hinter der Bühne gab es Platz genug. Zudem reichte die schwache Beleuchtung aus, um gewisse Gegenstände erkennen zu können. Wir sahen die Theaterstühle. Es gab Bänke, es gab auch gepolsterte Hocker, einen Schrank ohne Türen, in dem Requisiten aufbewahrt wurden, aber das alles interessierte uns nicht.

Florence war wichtig!

Sie sahen wir nicht. Sie hielt sich auch nicht in der Inspizientenbude versteckt, und so kam eben nur die andere Seite für uns in Frage, denn dort begann der Gang.

Er war nicht breit.

An der rechten Wand hatte jemand mit kunstvoller Schrift das Wort Bühnenausgang geschrieben. Als ich es sah, nickte ich den beiden Frauen zu, die ebenfalls damit einverstanden waren, daß wir diesen Weg nahmen.

Schritt für Schritt tasteten wir uns weiter. Die Stille blieb. Wir hörten keine Stimme, doch in Höhe der ersten Tür erreichte uns ein kühler Windzug. Wie ein leichter Lappen streifte er über unsere Gesichter hinweg.

Es war eine echte Kälte und nicht die, die manchmal von Vampiren ausging. Auch Jane war etwas irritiert. Sie runzelte die Stirn, als sie mich anblickte und ihre Lippen bewegte. »Wenn ihnen die Flucht gelungen ist, dann können sie sich gratulieren. Aber das kann ich nicht so recht glauben.«

»Abwarten.«

Jane löste sich von meiner Seite. Sie öffnete die erste Tür sehr schnell und schaute in einen Raum, in dem schwaches Licht brannte. Die zahlreichen Spiegel an der Wand gegenüber wiesen darauf hin, daß wir in eine Garderobe schauten, in der es zudem stark nach Schminke und Puder roch.

Der Raum war leer.

Keine Untote, die sich versteckt hielt. Trotzdem war sie hier gewesen, denn auf dem Boden malten sich Blutspritzer ab. Tropfen, die beim Aufklatschen zerplatzt waren.

»Ich weiß, daß sie noch existiert, John«, sagte Jane. »Das sagt mir einfach mein Gefühl.«

»Die ist bestimmt nah!« flüsterte die Horror-Oma.

»Warum hat sie noch nicht angegriffen?«

»Keine Ahnung, John.« Die Detektivin ging weiter. Sie öffnete die nächste Tür, schaute in das Zimmer hinein und stieß ein Geräusch aus, das sich anhörte wie ein Fauchen oder ein Lachen. Ich wußte auch, was sie dazu gebracht hatte.

Der Blick über Janes Schulter reichte mir. Wir befanden uns in einem Kantinen- oder Pausenraum, in dem ziemliche Unordnung herrschte. Da lagen Dosen ebenso auf dem Boden wie Milchtüten. Sie wirkten wie von den Tischen weggefegt.

Jane drehte sich wieder um. »Das ist die nächste Spur, John. Ich rieche das schon.«

Lieber wäre es mir gewesen, sie hätte die Blutsaugerin gerochen, doch die lauerte woanders. Viel konnte uns hier im Gang nicht passieren, aber auch er war irgendwann zu Ende. Wir erreichten den hinteren Bereich des Theaters. Hier standen kleinere Kulissen und einige Requisiten. Aber die große Schiebetür, deren Umrisse sich abmalten, war nicht mehr geschlossen. Sie stand so weit auf, daß die Kühle der Nacht in das Theater dringen konnte.

Leider war es draußen zu dunkel, als daß wir etwas hätten sehen können. Aber es blieb nicht still. Wir bekamen die Geräusche mit, wir hörten auch Stimmen, und was sie sagten, war nicht dazu angetan, unsere Laune zu verbessern.

Dann das Dröhnen.

Danach der Schrei.

Für uns das Startsignal.

Jane und ich blieben keine Sekunde länger stehen. Für uns stand fest, daß die Blutsaugerin den Weg nach draußen gefunden hatte. Leider war sie nicht allein, denn auch die menschliche Beute hielt sich in der kalten Luft auf.

Wir dachten an Florence Turner, nur an sie, und das war in diesem Moment falsch ...

Lady Sarah war zwar eine abenteuersüchtige Person, und das trotz ihres Alters, aber so schnell bewegen wie Jane Collins und John Sinclair konnte sie sich nicht. Sie sah die beiden laufen und dachte daran, daß sie hinter ihnen her mußte. Jetzt war sie froh darüber, ihren Stock mitgenommen zu haben. Zwar sah sie ihn nicht so sehr als Stütze an, sondern mehr als Waffe, in diesem Fall kam er ihr jedoch wie ein gutes und nicht störendes drittes Bein vor.

Sie lief hinter den beiden her und behielt sie eigentlich nur im Blick. Nach rechts oder links schaute sie nicht.

An der linken Seite lauerte die Gefahr.

Florence hatte sich in den tiefen Schatten einer Kulisse gedrückt. Da fiel sie auch wegen ihrer hellen Kleidung nicht auf. Die anderen hatten sie laufenlassen. Nicht ganz freiwillig. Dracula II war plötzlich dagewesen und hatte ihr dazu geraten. Er wollte sie auch für sich haben, hatte ihr aber noch mehr Blut versprochen.

Zwei liefen weg.

Eine blieb zurück.

Die Frau mit dem Stock, die schon einige Jahrzehnte hinter sich gebracht hatte. Sie stützte sich auf

Sehr verehrte Leserin, sehr verehrter Leser!

Falls Ihr Buchhändler die **JOHN SINCLAIR**-Taschenbücher nicht regelmäßig führt, bietet Ihnen die **ROMANTRUHE** in Frechen mit diesem Bestellschein die Möglichkeit, diese Taschenbuch-Serie zu abonnieren.

Hiermit bestelle ich bis auf **Widerruf** bei **ROMANTRUHE, HERMANN-SEGER-STRASSE 33-35, 50226 FRECHEN, Tel.-Nr.: 0 22 34/27 35 28, Fax: 0 22 34/27 36 27** die **JOHN SINCLAIR-TASCHENBUCH-SERIE** zum Preis von DM 83,20 für **12 Ausgaben.** Die Zusendung erfolgt jeweils zum Erscheinungstag. **Kündigung ist jederzeit möglich.** Auslandsabonnements (Österreich/Schweiz/Übersee) zzgl. DM 1,00 pro Ausgabe. Alle Preise inklusive Porto/Verpackung.

Zahlungsart: ◯-jährlich ◯-halbjährlich ◯-vierteljährlich
◯-monatlich (nur bei Bankeinzug)

Bezahlung per Bankeinzug bei allen Zahlungsarten möglich.

Bitte Geburtsdatum angeben: ___ /___ / 19 ___

Name der Bank: ______________________________

Konto-Nr.: ______________ Bankleitzahl: __________

Name: ______________ Vorname: ______________

Straße/Nr.: ______________________________

PLZ/Wohnort: ______________________________

Unterschrift: ______________ Datum: __________
(bei Minderjährigen des Erziehungsberechtigten)

Ich behalte mir den schriftlichen Widerruf dieser Bestellung innerhalb von 10 Tagen nach Absendung vor und bestätige dies mit meiner
2. Unterschrift: ______________ Datum: __________

Zusammen mit der ersten Lieferung erhalten Sie von uns ein nützliches Willkommen-Präsent! Wenn Sie das Buch nicht zerschneiden möchten, können Sie die Bestellung natürlich auch gern auf eine Postkarte schreiben.

und stand auch etwas unschlüssig auf der Stelle, als müßte sie überlegen.

Dann ging sie los.

Nicht zu schnell und auch nicht zu langsam. Genau richtig für die Blutsaugerin, die nichts mehr in ihrem Versteck hielt.

Sie kam sehr schnell hoch, sie sah die Gestalt gehen, aber sie war schneller, huschte wie ein heller Schatten heran, prallte gegen die Frau und wuchtete sie aus dem Lauf heraus zu Boden.

Sie hörte noch den Schrei, dann warf sie sich auf Sarah Goldwyn . . .

Die fremde Gestalt mit dem bleichen Gesicht und dem blutroten D auf der Stirn stand dort wie ein Denkmal, das sich auch im stärksten Sturm nicht bewegen würde.

Keiner von ihnen hatte ihn jemals zu Gesicht bekommen. Er war neu für sie. Doch jeder spürte, daß von ihm etwas Bestimmtes ausging. Dafür gab es nur einen Begriff.

Eine tödliche Gefahr!

Osmin bewies sogar noch so etwas wie Humor, denn er sagte: »Das ist bestimmt kein Parkplatzwächter.«

»Ist er denn ein Mensch?«

»Keine Ahnung.«

»Aber wir müssen zu dem Auto.« Jetzt klang auch Katharinas Stimme nicht mehr sicher.

»Der wird uns nicht hinlassen.«

»Trotzdem, Osmin. Wir sind in der Überzahl.« Katharina drehte sich um und winkte den anderen zu, die zunächst noch stehenblieben, weil sie das Zeichen nicht verstanden hatten oder nicht verstehen wollten.

Die Gormans wartete keine Sekunde länger. Trotz ihrer Angst sahen sie nur den Wagen und dachten an Flucht. Der unheimliche Aufpasser war nicht mehr interessant.

Er tat auch nichts. Er ließ sie kommen. Nichts an ihm rührte sich, und auch die beiden Mönche erkannten, daß es nichts brachte, wenn sie nur stehenblieben. Auch sie gingen jetzt und schoben die Tänzerinnen mit. Nur Roger wartete noch ab.

Mallmann ließ sich Zeit. Er wußte genau, welche Gefühle sein Erscheinen bei den Menschen verursachte. Auch wenn er nichts tat, war die Angst der anderen groß. Sie steigerte sich, je näher sie ihm kamen, und er wußte auch, was sie vorhatten.

Die Gruppe teilte sich. Von zwei Seiten wollten sie in den Wagen einsteigen. Die Mönche und eine Tänzerin von links, die anderen drei von rechts.

Dracula II entschied sich für die linke Gruppe, die ihm schon am nächsten war. Und er reagierte ohne eine Vorwarnung und aus dem Stand heraus.

Der junge ›Mönch‹ hatte seine Hand schon auf den Türgriff gelegt, als es ihn erwischte. Mallmann brauchte nur weit genug nach vorn zu springen, um ihn zu erwischen. Mit beiden Händen bekam er die Kleidung des leichtgebückten Mannes am Rücken zu fassen. Er zerrte sie mit seinen kräftigen Fingern zusammen und bewies einen Moment später, wozu er tatsächlich fähig war.

Er riß den Mann in die Höhe wie ein Spielzeug. Lange hielt er ihn nicht fest. Er brauchte nur eine gewisse Entfernung einzuhalten. Der Mönch schwebte plötzlich über dem Autodach. Er wußte es, konnte jedoch nichts dagegen tun.

Dann rammte ihn Dracula II nach unten.

Der Körper schlug auf. Er prallte aufs Dach. Es hörte sich an, als hätte jemand gegen einen Gong geschlagen. Der Mann war so wuchtig auf das Wagendach geschmettert worden, daß er noch einmal in die Höhe geschleudert wurde und dann wieder fiel und noch einmal aufschlug.

Er jammerte nicht einmal. Der Schreck hatte ihn stumm gemacht. Er blieb auch nicht auf dem Dach liegen, sondern rutschte an der anderen Seite herab und fiel zu Boden.

Die anderen hatten alles mitbekommen. Nur waren sie selbst zu schwach und auch zu schockiert, um selbst einzugreifen. Es kam ihnen auch nicht in den Sinn, in verschiedene Richtungen zu fliehen. Diese unheimliche Gestalt hielt alles unter ihrer Kontrolle.

Osmin Gorman hörte sich stöhnen. »Das kann doch nicht wahr sein. Ich ... ich ... bin nicht im Kino.«

Er war es nicht, was ihm auch keiner zu sagen brauchte, denn er merkte es sehr schnell. Mallmann hatte sich für ihn entschieden, und Gorman war einfach unfähig, etwas dagegen zu unternehmen. Ein schneller Sprung brachte den Vampir direkt in seine Nähe. Auch Katharina griff nicht ein, als Osmin von ihrer Seite weggerissen wurde. Sie mußte mit ansehen, daß der Mensch Osmin zu einem Spielzeug der furchtbaren Bestie wurde.

Osmin wurde gedreht. Es war ihm unmöglich, etwas dagegen zu tun. Er prallte dabei gegen einen abgestellten Wagen. Da die Beine wegrutschten, schlug er mit dem Kinn gegen das Autodach. Es war ein harter Schlag, der Osmin für einen Moment benommen machte.

So etwas nutzte der Blutsauger aus. Er bewegte sich schnell wie ein Artist zwischen den abgestellten Autos. Er hatte die Kontrolle und schien alle anderen paralysiert zu haben. Es gab niemand, der sich ihm in den Weg stellte oder überhaupt nur den Versuch unternahm. Mallmann herrschte und beherrschte.

Er wuchtete Osmin in die Höhe. Wieder war der Mensch nur ein Spielzeug in den Fängen des Vampirs. Osmin wehrte sich nicht, als die Hände ihn über das Autodach hoben und ihn dann fallen ließen. Es war ein großes und rechteckiges Dach, daß zu einem großen Volvo gehörte. Es hatte schon den Aufprall des Mönches hinter sich, und nun prallte Osmin Gorman rücklings darauf.

Er war nicht bewußtlos.

Er schrie nur auf und versuchte, sich auf dem Autodach zu drehen. Es war besser für ihn, wenn er auf dem Bauch lag. Dann konnte er über den Rand hinweggleiten und sich an der anderen Seite zu Boden sinken lassen.

Mallmann ließ es nicht zu. Mit einer Hand packte er Osmin und drehte ihn wie ein Spielzeug. All diejenigen, die zuschauten, erlebten nun, welche Kraft in dieser Gestalt steckte. Die hatte mit der eines Menschen schon nichts mehr zu tun. Sie war stärker, auch härter, und sie gehörte zu einer Bestie, die Blut wollte und nur noch äußerlich etwas mit einem Menschen zu tun hatte.

Mallmann brauchte nur eine Hand, um sein Opfer herumzudrehen. Er wollte, daß der Kopf des Mannes zu ihm zeigte. Dann brauchte er sich nur zu bücken, um seine Zähne in den Hals des Menschen zu schlagen.

Es sah so spielerisch leicht aus, wie sich Osmin auf dem Autodach liegend drehte. Und es lief alles in einer recht kurzen Zeitspanne ab, als säße der Blutbestie ein bestimmter Termin im Nacken.

Er stoppte ihn.

Gorman lag jetzt richtig.

Auch er ahnte, was da auf ihn zukam. Er schrie auf, und sein Schrei peitschte in die Höhe, während sich Mallmann bückte, um die Zähne anzusetzen. Sehr weit hatte er seinen Mund aufgerissen, der schon einem Tiermaul glich, das nach irgend etwas schnappen und es dann verschlingen wollte.

Bis zu diesem Zeitpunkt hatte sich Katharina Gorman nicht gerührt. Die letzten Szenen waren vor ihr abgelaufen wie ein schneller Film, aus dem sie nicht hatte aussteigen können. Sie kam da nicht mehr mit. Sie fühlte sich vereist, denn hier auf dem Hinterhof des Theaters reagierte nur das Böse.

Erst als sich der Vampir bückte und sein offenes Maul dem Hals immer näher kam, riß bei ihr die Starre. Auf einmal durchraste sie das Gefühl der Stärke. Das Wissen, das alles vorbei war, wenn sie jetzt nichts tat, übermannte sie und spülte die anderen Dinge weg.

Sie startete.

Ob sie schrie oder nur schreien wollte, wußte die Frau selbst nicht. Sie befand sich in einer völlig fremden Situation und kam sich vor wie jemand, der neben sich stand. Es war für sie nicht sie selbst, die eingriff, sondern mehr ein Zweitkörper, den sie auf die Reise geschickt hatte.

Kathy wollte nicht, daß ihr Mann zu einem Blutsauger wurde. Außerdem dachte sie auch daran, mit gutem Beispiel voranzugehen, denn wenn sie sich bewegte, würden es die anderen auch tun.

Die Strecke war nicht weit. Drei, vier Schritte, und die nicht einmal lang, dann war sie da.

Ob Mallmann sie gesehen oder nur gespürt hatte, das bekam sie nicht mit. Jedenfalls reagierte er. Katharina befand sich noch in der Bewegung, als sie seinen wütenden Fluch hörte und zuschauen mußte, wie er sich kurz drehte. Dabei ließ er sein Opfer nicht los. Er brauchte nur die linke Hand, um den Körper gegen das Wagendach zu drücken. Den rechten Arm hob er an, und sein nachfolgender Rundschlag war kaum im Ansatz zu erkennen. So konnte die Frau auch nicht ausweichen.

Der Hieb erwischte sie im Gesicht. Katharina hatte den Eindruck, von einem Holzbalken getroffen worden zu sein. Sie merkte nicht, was mit ihr geschah. Sie stand auch nicht mehr auf den Füßen. Sie flog, aber alles war so leicht. Und sie spürte auch, daß Blut aus ihrer deformierten Nase schoß und auch aus den Lippen sickerte.

Dann prallte sie zu Boden. Den Schlag bekam sie kaum mit, weil sie schon zu viel hatte einstecken müssen. Katharina war auch nicht mehr in der Lage, sich zu erheben. Wie gelähmt lag sie da, und ihre Freunde griffen nicht ein. Sie liefen auch nicht weg, hier herrschte der Bann des mächtigen Blutsaugers, der nun seinen Durst stillen wollte und sich auf den auf dem Autodach liegenden Mann stürzte ...

Jane und ich waren darauf eingestellt, mit dem Schlimmsten zu rechnen. Was wir dann sahen, überraschte uns trotzdem, denn der Hinterhof hatte sich in eine Bühne verwandelt, um im Theaterjargon zu bleiben. Hier spielte sich das wahre Drama ab, und es hatte einen neuen Hauptdarsteller bekommen.

Will Mallmann!

Ausgerechnet er. Ausgerechnet unser Todfeind. Der ehemalige Freund und BKA-Beamte, der durch den Biß eines Vampirs auf die dunkle Seite gezogen worden war und sich dort zu einem wahren König in einer Vampirwelt aufgeschwungen hatte.

Er also!

Es war eine Überraschung für uns beide. Vor allen Dingen Jane Collins kam damit nicht zurecht. Sie blieb stehen wie von einer harten Hand zurückgerissen. Sie sprach auch meinen Namen flüsternd aus, und sie stöhnte dabei.

Mallmann hatte uns nicht gesehen. Wir sahen ihn dafür besser, denn sein blutiges D auf der Stirn leuchtete in der Dunkelheit und bewegte sich ebenso hektisch wie er. Bei jeder Drehung wurde es zu einem rötlichen Schatten, der über die Stirn hinwegglitt, als wollte er noch einmal ein Zeichen setzen.

Dracula II hatte sich bereits ein Opfer geholt.

Es war Gorman, der auf dem Autodach lag, den Kopf zu ihm gerichtet, in einer für Mallmann idealen Position.

Wir waren noch etwas weit weg. Zwar hätten wir schießen können, aber die Silberkugel brachte nichts. Er befand sich im Besitz des Blutsteins, und der war ein verdammt guter Schutz, wie wir leider schon mehrmals erlebt hatten.

Deshalb zischte ich Jane auch zu, als sie die Beretta anhob: »Keine Kugel!«

»Aber wir . . .«

Den Rest verschluckte sie. Auch ich sprach meine Gedanken nicht aus, denn ich sah, wie Katharina Gorman versuchte, den Blutsauger zu stoppen. Sie wollte nicht zulassen, daß ihr Mann zu einem Untoten wurde, und sie stürzte der Bestie entgegen.

Mensch gegen Vampir!

Da konnte es normalerweise nur einen Sieger geben. Kathy Gorman war zudem nicht mit den nötigen Waffen ausgerüstet. Sie versuchte es mit ihren eigenen Händen. Einen Theaterdegen hatte sie zuvor fallen gelassen, aber Mallmann ließ sich nicht stören.

Um den Mann in Schach zu halten, brauchte er nur die Linke. Mit der Rechten führte er einen Rundschlag durch, in den Kathy Gorman genau hineinsprang.

Ich konnte mir vorstellen, wie ihr zumute war. Dieser Arm war hart wie eine Eisenstange. Die Wucht des Aufpralls fegte die mutige Frau zurück, die auf dem Boden liegenblieb. Wir sahen auch die dunkle Flüssigkeit in ihrem Gesicht und wußten, daß dieses Blut den Vampir noch stärker reizen würde.

Er hatte Zeit, sich um sein Opfer zu kümmern.

»Okay, holen wir ihn uns!« sagte ich.

In der gleichen Sekunde hörten wir hinter uns den Schrei.

»Mein Gott, das war Sarah!« rief Jane.

»Dann geh!«

Die Lage eskalierte. Es durfte keine Sekunde mehr verloren werden. So sehr mir die Horror-Oma auch am Herzen lag, für mich gab es in diesem Fall nur Dracula II . . .

Sarah Goldwyn hatte die Gefahr nicht gesehen. Sie war einfach zu sehr mit sich selbst beschäftigt gewesen. Aus dem Dunkel der Deckung war die Gefahr hervorgeschossen und jagte nun wie ein heller Schatten heran, dessen Füße kaum den Boden zu berühren schienen.

Lady Sarah schaute noch nach links und sah für einen winzigen Moment dieses bleiche Gespenst mit dem weit aufgerissenen Maul und den beiden langen, spitzen Zähnen, die nur darauf warteten, sich in ihre Haut zu hacken.

Ein jüngerer Mensch hätte vielleicht noch ausweichen können, doch die Horror-Oma war einfach zu langsam.

Und sie machte ihrem Namen alle Ehre, denn jetzt erlebte sie den Horror.

Florence Turner hatte darauf verzichtet, sich irgendwie zu bewaffnen. Sie verließ sich einzig und allein auf ihre Hände, in der die mörderische Kraft steckte. Sarah spürte sie wie zwei harte Steine, die sie erwischten.

Sie torkelte zur Seite und versuchte noch, sich durch den Stock zu halten, indem sie ihn hart gegen den Boden preßte. Es nutzte nichts mehr. Die Bewegung verhinderte nur, daß sie zu hart auf den Boden prallte.

Florence flog auf sie zu. Sie kam wie ein gewaltiger weißer Vogel, der sich einfach fallen ließ. Sie war auch kein Lehrling mehr, denn sie reagierte, als wäre sie schon immer und ewig in diesem Zustand gewesen. Mitten im Sprung stoppte sie. Das sah für Sarah zumindest so aus. Dann fiel sie zu Boden und schlug mit den beiden Kniescheiben zuerst auf. Sarahs

Befürchtung, daß der seelenlose Körper auf sie fallen würde, hatte sich nicht erfüllt.

Florence prallte neben ihr auf.

Sie schrie nicht, aber sie riß den Mund auf und konnte ihren Triumph nicht verbergen. Obwohl es sie Zeit kostete, mußte sie sich diesen kleinen Triumph gönnen. Sie wollte die Angst des Opfers sehen. Es war wichtig für sie, und dieses Gefühl war von einem raubtierhaften Fauchen begleitet.

Sarah hatte den ersten Schreck überwunden. Auch in ihrem Alter starb man nicht so leicht, und sie wollte sich nicht wehrlos ergeben. Noch hielt sie den Stock fest, die einzige Waffe, die sie besaß. Nur war es schwer, ihn im Liegen zu führen. Sie hätte ihn schon hoch und dann herumdrehen müssen, um die Blutsaugerin wenigstens zu treffen.

Es gelang ihr nicht.

Florence Turner stoppte sie bereits im Ansatz. Zwar hatte Sarah den Stock noch anheben können, ihn aber kaum in die Höhe bekommen. Mit einer Hand griff die Blutsaugerin zu. Ihre kalten Finger drückten das rechte Gelenk der Horror-Oma zusammen. Es blieb Lady Sarah nichts anderes übrig, als die Faust zu öffnen und den Stock loszulassen, sonst hätte ihr die Wiedergängerin etwas gebrochen.

Florence war zufrieden.

Sie beuge sich vor. Zwei Hände drückten sich gegen die Schultern der Horror-Oma, die auf dem Rücken lag und nach oben schaute. Sehr deutlich sah sie das Gesicht und auch dieses sexy Kostüm, das ziemlich gelitten hatte. Es war schmutzig geworden, und der Schmutz klebte auch im Gesicht der Bestie.

Sarah sah nur den weit geöffneten Mund. Ihr Blick

fiel hinein bis tief in den Rachen, und sie hatte dabei das Gefühl, in einen Tunnel zu schauen, der irgendwo in der finsteren Unendlichkeit mündete.

Sarah Goldwyn tat es nicht gern. Sie war immer eine Frau gewesen, die sich lieber auf sich selbst verließ und Hilfe nur im Notfall annahm. Genau dieser Notfall war jetzt eingetreten. Über ihr schwebte die bleiche Fratze, die von der Dunkelheit umgeben war. Sie war leider kein Geist oder Gespenst, Florence brachte das echte Grauen und wollte das Blut der alten Frau trinken.

Sie senkte ihren Kopf.

Sarahs Blickfeld verkleinerte sich. Plötzlich sah sie nichts mehr von der Umgebung und nur das verdammte Gesicht mit dem schrecklichen Vampirmaul.

Und dann mußte sie einfach schreien!

Jane Collins dachte in diesen Sekunden nicht mehr an Mallmann. Jetzt zählte einzig und allein Sarah Goldwyn, die sich in allerhöchster Gefahr befand. Wie oft war sie gerade noch mit dem Leben davongekommen, weil sie selbst sich immer in diese Situationen hineingebracht hatte. Diesmal stand ihre menschliche Existenz wieder auf der Kippe.

Obwohl Jane Collins mit der Beretta bewaffnet war, feuerte sie nicht. Sie jagte zurück und auf die beiden zu.

Florence Turner hatte sich schon weit über die Horror-Oma gebeugt, ohne sich allerdings in einer Lage zu befinden, in der sie hätte beißen können. Da war ihr Kopf noch nicht tief genug dem Hals entgegengedrückt worden.

Jane sah es als Chance.

Sie rannte und trat zu.

Aus dem Lauf heraus erwischte sie mit ihrem gezielten Tritt den Kopf der Blutsaugerin. Sie hatte das Gefühl, gegen ein Stück Holz getreten zu haben. Der Fuß tat ihr weh, aber sie hatte ihn leicht gedreht, wie ein Fußballspieler, der einen Freistoß ins Tor zirkeln will.

Die blonde Blutsaugerin wurde in die Höhe gerissen. Sie hatte den Hals der Horror-Oma noch nicht berührt und sich auch nicht in ihm festgebissen, denn zwischen ihren Lippen klebten keine Hautreste.

Aber sie hielt Sarah noch fest. Da sahen die Hände wie mit den Schultern verwachsen aus.

Der zweite Tritt.

Wieder gegen den Kopf der Blutsaugerin, aber auch an der Schulter entlang.

Diesmal erlebte Jane Collins den Erfolg, den sie haben wollte. Die Klauen der Bestie rutschte ab, und ein dritter Tritt beförderte den Körper von der liegenden Frau weg.

Florence rollte über den Boden. Sie hatte sich noch Schwung gegeben, um aus ihm hervor auf die Knie zu kommen, was sie dann auch schaffte.

Sie schaute hoch.

Jane sah nach unten.

Beide Blicke trafen sich.

Aber die Blutsaugerin starrte Jane nicht nur in die Augen, sie sah auch die Mündung der Waffe, die genau auf ihren Kopf wies. Und wenn sie schlau war, mußte sie auch den kalten Ausdruck in Janes Blick erkennen. Gnade würde es für die Wiedergängerin nicht geben.

»Aus!« flüsterte Jane und hatte dabei Mühe, ein Zittern zu unterdrücken. »Du wirst kein Blut mehr saugen, das kann ich dir versprechen!«

Florence hob die rechte Hand an. Jane wußte auch nicht, warum sie das tat. War es eine hilfesuchende Geste.

Jane schoß.

Und sie hielt die Waffe dabei mit beiden Händen fest, um sie nicht zu verreißen.

Die geweihte Silberkugel erwischte den Kopf und zerschmetterte ihn. Sie hinterließ nicht nur eine tiefe Wunde, sondern zerschmetterte noch einiges, was sich darin befand. Eine rötlichweiße Flüssigkeit spritzte hervor und verteilte sich in der nahen Umgebung.

Die Blutsaugerin schrie nicht einmal.

Sie kippte einfach nur zurück und blieb bewegungslos liegen. Sie war nicht tot, aber sie war erlöst, und sie war kein Mensch mehr gewesen, als sie noch existiert hatte, sondern schlicht eine Bestie. Deshalb brauchte Jane Collins sich auch keine Vorwürfe zu machen. Die Detektivin hatte über die am Boden liegende Sarah Goldwyn hingeschossen. Endlich kam sie dazu, sich um sie zu kümmern, obwohl draußen ein Kampf tobte. Sie ignorierte die Geräusche und kniete sich so hin wie es auch die Blutsaugerin getan hatte.

Sie hob den zitternden Körper an und sah, daß Sarah Schwierigkeiten hatte, ohne Hilfe sitzenzubleiben. Jane mußte sie stützen.

Die Horror-Oma lachte. Es hörte sich allerdings mehr wie ein Weinen an. »Ich glaube, daß ich langsam doch alt werde, Jane. Verdammt, wie konnte ich mich nur so überraschen lassen? Ausgerechnet ich, die ich immer dachte, genügend Erfahrung zu haben.«

»Das wäre jedem von uns passiert.«

»Mist auch.«

»Bleib du hier sitzen.« Jane holte den Stock und gab ihn ihr. »Oder auch stehen.«

Sarah war etwas irritiert. »Ja ... ähm ... gut, aber was ist mit dir, Jane?«

»Ich muß nach draußen zu John und auch zu Mallmann.«

»Mein Gott!« flüsterte die Horror-Oma ...

Ob Dracula II mich schon gesehen oder gespürt hatte, das konnte ich beim besten Willen nicht sagen. Möglich war alles, und wahrscheinlich hatte er auch die Ströme meines Kreuzes wahrgenommen. Wenn, dann kümmerte er sich darum nicht, denn auch ihn beherrschte die Gier nach dem Blut der Menschen.

Seine Beute lag nicht nur günstig, sie lag ideal, um die Zähne in den Hals zu schlagen. Aber er hatte es noch nicht getan. Wahrscheinlich wollte er noch abwarten und die Angst genießen. So erhielt ich einen etwas größeren Spielraum und natürlich mehr Zeit.

Ich war mir allerdings nicht hundertprozentig sicher. Ich las es nur aus Mallmanns Verhalten ab. Hätte er getrunken, dann hätte sich sein Körper bewegt. So aber blieb er starr.

Ich schrie ihn an. »Mallmann!«

Wenn er innerhalb seiner unseligen Existenz eine Stimme überhaupt genau kannte, dann war es die seines Todfeinds. Ich hatte den Namen kaum ausgesprochen, da ließ er von seinem Opfer ab. Mit einer ruckartigen Bewegung hob er den Kopf, drehte ihn nach rechts, und er, der im Dunkeln wie eine Katze sah, mußte erkennen, wie ich mit langen Schritten auf ihn zurannte.

Die Beretta hatte ich Jane gegeben. Silberkugeln reichten nicht. Mallmann besaß den verdammten Blutstein, dessen Besitz ihn so verdammt stark machte. Aber ich war der Sohn des Lichts, und dazu gehörte nun mal das Kreuz. Es hing längst nicht mehr vor meiner Brust. Ich hatte es in die Tasche gesteckt, um es sofort hervorholen zu können.

Mallmann und ich kannten uns verdammt gut. Als Freunde und auch als Feinde. Deshalb wußte er ganz genau, was es bedeutete, als ich in die rechte Tasche griff.

Wir handelten synchron. Nur wehrte er sich anders als ich, und er war mit besonderen Kräften ausgestattet. Er drehte sich wieder und packte den auf dem Autodach liegenden Mann. Er hob ihn an wie eine leichte Beute.

Und dann warf er ihn auf mich. So locker wie ein Kind einen Ball schleuderte. Bei ihm wurde der Körper zu einem Geschoß, der sich auf dem Weg zudem noch drehte.

Mir blieb nichts anderes übrig, als mich zu ducken und zur Seite auszuweichen. Leider nicht weit genug, denn durch die Drehung des Körpers veränderte sich auch etwas die Richtung. Ich kam nicht ganz weg, wurde von den Füßen erwischt, die mit ihren harten Sohlen an meinem Kopf und an der Schulter entlangstreiften. Ich hatte Gorman noch abfangen wollen, um seinen Aufschlag zu mindern, aber auch das war mir nicht mehr gelungen. So prallte er in voller Härte zu

Boden, und ich hörte seinen schmerzerfüllten Aufschrei.

Mallmann hatte es geschafft, mich durch seine Aktion abzulenken. Er befand sich in einer besseren Lage, und er sah auch, daß ich mein Kreuz noch nicht in der Hand hielt.

Die Sekunden der Ablenkung nutzte er auch. Da ich mich zur Seite gedreht hatte, sah ich ihn nicht, aber ich hörte ihn. Seine Tritte hinterließen hart klingende Echos auf dem Boden, und dann war er plötzlich dicht bei mir.

Ich riß den Kopf hoch. Zusätzlich auch das Kreuz aus der Tasche, aber Mallmann trat zu. Mit dem Fuß oder mit dem Knie, das wußte ich nicht. Es ging alles rasend schnell. Ich versuchte noch, mich zur Seite zu drehen, um den Treffer etwas abzumildern. Das gelang mir auch. Dennoch taumelte ich aus seinem Bereich weg, und Mallmann hätte die Chance gehabt, nachzusetzen, was er aber nicht tat.

Er hatte andere Pläne. Er wollte meine Vernichtung, aber er wollte mich auch demütigen und mir zeigen, wie klein ich letztendlich war. Dazu benötigte er einen Trumpf oder ein Pfand.

Als ich mich wieder gefunden hatte, sah ich, welchen Plan er durchziehen wollte. Er hatte sich gebückt und Katharina in die Höhe gerissen. Es war ihr nicht gelungen, aus dem unmittelbaren Gefahrenbereich zu entkommen, so daß Mallmann nur hatte zugreifen brauchen.

Wie ein überreifes Stück Obst hatte er die nicht eben leichte Frau vom Boden hochgepflückt. In ihrem dunkelroten Latexkleid sah sie aus wie mit Blut angestrichen. Blut beschmierte auch ihr Gesicht. Die Haube auf ihrem Kopf war verrutscht. Sie störte den Vampir, deshalb zerrte er sie ab und schleuderte sie weg.

Sie schrie nicht einmal. Wahrscheinlich begriff Katharina nicht, in welcher Gefahr sie sich befand. Aber ich merkte es, nur konnte ich im Moment nichts tun. Ich stand breitbeinig auf der Stelle und hielt mit der rechten Hand mein Kreuz fest, dessen Wärme schon zu spüren war und mir wie ein Pochen vorkam.

Er hatte sie.

Mallmann hatte die Frau als Geisel. Er hielt sie mit beiden Armen fest und hatte sie zudem so gedreht, daß seine Zähne schon den Hals an der linken Seite berührten, aber noch nicht zubissen. Mallmann brauchte seinen Mund, um sprechen zu können.

Im Moment stand die Situation unentschieden. Mit leichten Vorteilen auf meiner Seite, denn ich brauchte nur die Formel zu sprechen, dann war das Kreuz aktiviert und schickte seine uralte Kraft dem Blutsauger entgegen.

Das wußte Dracula II, und er hatte sich darauf auch eingerichtet. »Okay, Sinclair, okay. Ich kenne deine Waffe, aber ich an deiner Stelle würde sie nicht einsetzen.«

»Was sollte mich daran hindern?«

»Sie – denn sie ist meine Geisel. Solltest du die Formel sprechen, beiße ich zu. In dem Augenblick wird sie in meine Welt eingehen, darauf kannst du dich verlassen.«

Es gibt immer Situationen, in denen man sehr ruhig bleiben muß. Dies war so eine. Ich schüttelte leicht den Kopf. »Du irrst dich, Mallmann, du irrst dich gewaltig. Die Kraft meines Kreuzes wird immer schneller und stärker sein. Ich weiß, daß du über geweihte Silberkugeln lachst, und das zu Recht, aber das Kreuz ist etwas anderes. Es ist das Symbol des Sieges. Das Gute hat über das Böse gesiegt. Das Licht hat die Dunkelheit vertrieben, und so etwas wird sich immer wiederholen, solange das Kreuz existiert.«

»Dann versuch es!«

»Ja!« sagte ich.

Ob er davon beeindruckt war oder nicht, fand ich nicht heraus.

Ich wollte mich auch nicht länger hinhalten lassen und sprach genau die Worte aus, die so immens wichtig waren.

»Terra pestem tene ...«

Ein irrer Schrei unterbrach mich. Mall hatte ihn ausgestoßen. Es war leider nicht der Schrei des Verlierers. Er hatte bei diesem verfluchten Vampir für einen mächtigen Push gesorgt, und Mallmann hatte zu einem Mittel gegriffen, gegen das auch ich machtlos war.

Er beherrschte die Kunst der Verwandlung, und genau das schaffte er innerhalb kürzester Zeit. Mir blieben tatsächlich die restlichen Worte im Hals stecken, als sich Dracula II in Sekundenschnelle in einen fast amorphen Schatten verwandelte, in einen flattrigen Gegenstand, der auch nicht mehr den Kontakt mit dem Boden hielt, sondern mit einer schnellen Bewegung in die Höhe stieg.

Es sah vor dem dunklen Hintergrund beinahe aus wie ein in die Höhe geschleudertes Bettuch, aber das war es leider nicht. Mallmann hatte seine zweite oder eigentliche Gestalt angenommen. Er war zu einer riesigen Fledermaus mit immensen Kräften geworden. Da gab es keine Arme mehr, dafür mächtige Schwingen, und auch keine Hände, sondern Krallen, die das Opfer festhielten.

Er startete zu seinem Flug. Das D auf der Stirn blieb ebenso wie seine verdammte Fratze, in der vielleicht noch ein letzter Triumph leuchtete, bevor er in die Höhe jagte.

Es ging alles verdammt schnell. Ich hatte Sekunden gezögert und sprach die Formel nun aus.

»Terra pestem teneto – salus hic maneto ...«

Brachte sie den Sieg über Mallmann?

Das Licht war da.

Strahlte es? Vielleicht, denn um mich herum war es hell, aber es glitt ins Leere. Ich hatte mich verrechnet. Es erreichte das Böse nicht mehr, denn Dracula II hatte das fast unmöglich Erscheinende wieder einmal geschafft. Er war mir durch seine Aktion zuvorgekommen., zudem hatte er mich durch seine Geisel ablenken können, so daß ich nicht so konzentriert gewesen war.

Er war hoch über uns und mit ihm Katharina Gorman ...

Ich merkte nicht, daß Jane Collins und Sarah Goldwyn zu mir gekommen waren. Ich sah auch die anderen Schauspieler nicht, die sich zusammendrängten wie Schafe, die Furcht vor einem Gewitter hatten. Ich ging allein über den Hinterhof, den Blick gegen den Himmel gerichtet, weil ich noch immer hoffte, Mallmann zu entdecken und ihn ein zweites Mal stellen zu können.

Es gab ihn bestimmt noch, aber ich sah ihn nicht mehr. Die Dunkelheit über uns hatte ihn verschluckt.

Sie war sein Schutz und ebenso dicht wie die in seiner Vampirwelt, in der das Grauen wie kalter Tau lag.

Jemand hielt mich fest. Es war Jane Collins, die mich zu trösten versuchte. »Gib auf, John, du wirst ihn nicht mehr finden. Er kommt nicht mehr zurück. Du hast getan, was du konntest.«

Ich hielt meine Wut und meinen Zorn nur mühsam zurück. »Getan, was ich konnte, Jane? Nein, das stimmt nicht. Das habe ich nicht. Ich hätte sie holen müssen und ...«

»Aber ...«

»Verdammt, er hat Katharina mitgenommen! Verstehst du das denn nicht?«

Jane senkte den Kopf. »Ja, ich weiß. Aber er hatte seinen Vorteil. Mallmann war uns einen Schritt voraus – immer. Wir haben uns nicht richtig auf ihn einstellen können. Deshalb ist es passiert. Aber es gibt noch Überlebende. Sein Plan ist nicht ganz aufgegangen. Es ist ein schwacher Trost, das weiß ich selbst, doch auch Florence Turner wird keinem Menschen mehr gefährlich werden können. Dafür habe ich gesorgt. Wir konnten die Kette unterbrechen, John.«

Ja, ja, sie hatte ja recht, so verdammt recht. Aber diese Worte trösteten mich auch nicht, denn diese verdammte Bestie war mir einfach schon zu oft entwischt.

Die Dunkelheit gab ihm den nötigen Schutz. Er brauchte sich nicht einmal groß zu bemühen, um einen Platz zu finden, an dem er sich in Ruhe satt trinken konnte. Wenn man es so sah, war ihm letztendlich noch ein Sieg gelungen.

»Wir sollten zurückgehen, John«, schlug Jane vor.

»Und dann?«

»Mit den Leuten sprechen. Die Pause ist längst vorbei. Ich weiß nicht, wie es im Zuschauerraum aussieht, aber die Menschen haben ein Recht darauf, eine Erklärung zu bekommen. Das, so denke ich, solltest du vielleicht übernehmen.«

Ich schaute sie nur an.

»Bitte, John, tu es ...«

»Okay, dann laß uns gehen. Du kannst dich ja mit Lady Sarah hier um die Überlebenden kümmern. Mir fällt da schon etwas ein ...«

»Danke«, sagte sie nur.

Meine Gedanken drehten sich immer um Dracula II und dessen Opfer, während ich vor dem Vorhang stand und die Zuschauer ansprach. Es war für mich schwer gewesen, sie überhaupt zum Zuhören zu bewegen, nach einer Weile waren sie dann ruhig gewesen, und ich hatte ihnen die Lage erklären können.

Die Notlüge nahmen sie mir ab. Ich hatte von einem schweren Unfall gesprochen, der sich hinter der Bühne bei Umbauarbeiten ereignet hatte, und ich hatte zudem davon gesprochen, daß ausgerechnet die beiden Hauptpersonen durch den Unfall in Mitleidenschaft gezogen worden waren und sich bereits auf dem Weg ins Krankenhaus befanden. Um die Zuschauer nicht völlig zu enttäuschen, hatte ich ihnen geraten, sich dem Buffet zu widmen, das bald aufgebaut werden würde. Einen Termin für die zweite Premiere würde noch früh genug bekanntgegeben.

Ich hoffte, sie damit zufriedengestellt zu haben. Auf spezielle Fragen, die sich mit der Gesundheit der

Akteure beschäftigten, gab ich keine Antworten. Mit einer nochmaligen Entschuldigung zog ich mich hinter den Vorhang zurück.

Allein stand ich auf der dunklen Bühne inmitten der Kulissen und wischte mir den kalten Schweiß aus dem Gesicht. Ich fühlte mich erschöpft. Nicht einmal körperlich, sondern seelisch. Da konnte Jane zum Trost sagen, was sie wollte, ich sah mich mehr auf der Straße des Verlierers, denn Mallmann war wieder einmal entwischt.

Auf der Bühne und in deren Umgebung hielt sich außer mir kein lebendes Geschöpf auf. Ich entdeckte den Sarg und auch die wegen ihrer hellen Kleidung besser zu erkennende Garderobiere, die von ihrem schrecklichen Dasein erlöst worden war. Das alles wirkte auf mich, als hätten hier Gespenster ihre Spuren hinterlassen.

Es roch weiterhin so staubig, so alt und muffig. Das schwache Licht aus dem Hintergrund war wie ein rötlich-gelber Fleck, der sich nicht bewegte.

Den Weg dorthin mußte ich nehmen, um wieder zu den anderen zu kommen. Außerdem würden die Kollegen von der Mordkommission wieder Arbeit bekommen, und ich würde dazu einige Erklärungen abgeben müssen, die die Männer nicht mehr aus der Fassung brachten.

Langsam schritt ich über die Bühne. Ich kam mir vor wie ein Darsteller, der soeben seinen letzten Auftritt gehabt hatte und nun in Pension geschickt wurde.

In der Stille hörte ich meine Sohlen schleifen. Sogar recht hart glitten sie über den Boden hinweg.

Ich blieb stehen.

Links von mir stand der Sarg.

Das Schleifen blieb ...

Plötzlich war ich voll da. Ich schaute mich um, mein Griff galt der Beretta, aber die hatte Jane. Ich faßte ins Leere, aber ich wußte plötzlich, woher dieses Geräusch gedrungen war.

Direkt aus dem Sarg.

Es war zu dunkel, um Einzelheiten sehen zu können. Ich ging sicherheitshalber zurück, holte die kleine Lampe hervor und schickte ihren Strahl dem Sarg entgegen.

Jemand lag darin und war dabei, sich aufzurichten. Im kalten Lichtstrahl gut zu erkennen.

Besonders das Frauengesicht, das Katharina Gorman gehörte.

Für Sekunden durchflutete mich eine gewisse Hoffnung, die sehr schnell vorbei war, als ich sah, was mit ihr passiert war.

Sie bot einen grauenvollen Anblick. Ihre gesamte linke Halsseite sah aus wie von einer Gartenkralle zerfetzt. Da hingen Hautstreifen lappig herab. Da war das Blut teilweise schon mit einer harten Kruste überzogen. Da stand der Mund ebenso weit offen wie die Augen, aber Katharina lebte auf ihre Art und Weise, auch wenn sie jetzt versuchte, mit sehr ungelenken Bewegungen aus dem Sarg zu klettern.

Ich dachte daran, wie schnell sie zu einem Vampir geworden war. So etwas schaffte auch nur jemand wie dieser verfluchte Mallmann. Er hatte ihr den Keim eingepflanzt, der in der unheimlichen und nicht zu stoppenden Gier nach Blut mündete.

Das rote Latexkleid war auch an einigen Stellen zerrissen, so daß die helle Haut durchschimmerte. Ihr blutverschmiertes Gesicht zuckte, und als ich das Fauchen hörte, da wußte ich, daß Katharina bereit war, sich von meinem Blut zu laben.

Ich ließ sie kommen, aber ich ließ es nicht zu, daß sie aus dem Sarg stieg.

Als sie den rechten Fuß angehoben und auch schon ihre Arme nach mir ausgestreckt hatte, da erwischte sie der tödliche Schock. In ihrem Gesicht zuckte es noch einmal, bevor sie die Berührung des geweihten Silbers voll erfaßte und der Schrei in ihrer Kehle erstickte.

Im Sarg brach sie zusammen, aber sie fiel nicht hinein, sondern blieb halb auf dem Rand liegen. Oberhalb ihrer Brust malte sich der Abdruck des Kreuzes ab, der ihr die endgültige Ruhe gegeben hatte.

Ich hatte es tun müssen, und ich fühlte mich alles andere als wohl. Außerdem dachte ich daran, daß Mallmann nicht selbst zurückgekehrt war. Der Respekt vor meinem Kreuz mußte für ihn wohl zu groß geworden sein.

Ich ging sehr langsam zu den anderen. Als ich ins Freie trat, hörte ich sie sprechen, wartete noch und atmete zunächst sehr tief durch, um etwas zur Ruhe zu kommen.

Jane stand noch bei denen, die es überstanden hatten und sprach auf sie ein. Ich sah auch Osmin Gorman, der am Wagen lehnte und weinte. Jane mußte ihm berichtet haben, was mit seiner Frau passiert war. Ich war mir nicht sicher, ob ich ihm die ganze Wahrheit sagen sollte.

Lady Sarah sah mich da stehen. Sie kam zu mir, gestützt auf ihren Stock. »John, da ist etwas passiert, das sehe ich dir an.«

»Richtig.«

»Los, rede. Das tut oft gut.«

Ich brauchte nicht viel zu sagen. Aber ich sah, daß auch Lady Sarah betroffen war.

»Und was sollen wir Osmin sagen?« fragte ich.

»Tja, das ist schwer. Am besten gar nichts. Wenn er mehr weiß, will er sie vielleicht sehen. Das halte ich nicht für gut. Er soll sie so in Erinnerung behalten, wie er sie zuletzt gesehen hat.«

Ich legte meine Hand auf die Schulter der Horror-Oma. »Danke, Sarah, das hatte ich mir auch so vorgestellt.« Danach griff ich zum Handy, um die Kollegen anzurufen …

ENDE

Sedonia, die blinde Prinzessin aus Atlantis, sah plötzlich eine Chance, ihr Augenlicht zurückzuerhalten. Auch wenn der Weg schwer war, sie ging ihn, und sie ging ihn allein, ohne ihren Beschützer, den Eisernen Engel.
Zur selben Zeit entführte Myxin, der kleine Magier, mich in die Vergangenheit, in das ferne Atlantis. Genau an die Heilige Stätte, in der eine geheimnisvolles Orakel stand. Es führte mich und Sedonia zusammen. Ich sollte erleben, wie sie ihr Augenlicht zurückerhielt.
Beide ahnte wir nicht, daß wir nur Figuren in einem Spiel waren, dessen Regeln der Schwarze Tod bestimmte …

ISBN 3-404-73216-2

BASTEI LÜBBE

Der dritte Zwilling. Ein Follett wie kein zweiter.

Stellen Sie sich vor, es gibt einen Menschen, der Ihnen völlig gleicht, bis in die kleinste Zelle ... Jeannie Ferrami, die sich mit der Entstehung kriminellen Verhaltens befaßt, entdeckt ein solches Paar genetischer Zwillinge. Der eine, Steve Logan, ist ein Mann, wie sie ihn lieben könnte, der andere sitzt als Mörder im Gefängnis. Dann wird eine junge Frau vergewaltigt, Steve aufgrund ihrer Beschreibung als Verdächtiger festgenommen – und eindeutig als Täter identifiziert. Aber Steve schwört, daß er unschuldig ist. Gibt es noch einen dritten Zwilling?

»Unerhörte Spannung, blutvolle Charaktere und lebendige Sprache machen das Buch zum Lesevergnügen.«
(Hamburger Abendblatt)

ISBN 3-304-12942-3

BASTEI LÜBBE